DOBLE TENTACIÓN

BARBARA DUNLOP

Editado por Harlequin Ibérica.
Una división de HarperCollins Ibérica, S.A.
Núñez de Balboa, 56
28001 Madrid

© 2017 Barbara Dunlop
© 2018 Harlequin Ibérica, una división de HarperCollins Ibérica, S.A.
Doble tentación, n.º 152 - 19.4.18
Título original: From Temptation to Twins
Publicada originalmente por Harlequin Enterprises, Ltd.

I.S.B.N.: 978-84-9188-089-9
Depósito legal: M-3631-2018
Impresión en CPI (Barcelona)
Fecha impresion para Argentina: 16.10.18
Distribuidor exclusivo para España: LOGISTA
Distribuidor para México: Distibuidora Intermex, S.A. de C.V.
Distribuidores para Argentina: Interior, DGP, S.A. Alvarado 2118.
Cap. Fed./Buenos Aires y Gran Buenos Aires, VACCARO HNOS.

Capítulo Uno

«Problema a la vista».

El hombre llenaba por completo el umbral del destartalado Crab Shack, en Whiskey Bay. Con los pies separados y los anchos hombros erguidos, alzó la barbilla de modo desafiante.

—¿Es una broma? —preguntó. Su profunda voz resonó en el viejo edificio de ladrillo.

Jules Parker lo reconoció de inmediato. Esperaba que sus caminos se cruzaran, pero no aquella abierta hostilidad por parte de él. Saltó desde la polvorienta barra, donde se hallaba arrodillada, y se quitó los guantes de trabajo.

—No lo sé, Caleb —contestó mientras avanzaba hacia él metiéndose los guantes en el bolsillo trasero de sus descoloridos vaqueros. ¿Tiene gracia desmontar estantes?

—¿Eres Juliet Parker? La última vez que te vi eras... —extendió una mano para indicar la altura desde el suelo.

—Tenía quince años.

—Eras más baja. Y tenías pecas.

A ella se le escapó una sonrisa.

—¿Qué estás haciendo? —los ojos grises del hombre se habían endurecido.

–Ya te he dicho –afirmó ella señalando con el pulgar por encima del hombro– que desmontando los estantes del bar.

–Me refiero a qué haces aquí.

–¿En Whiskey Bay? –ella y Melissa, su hermana menor, habían llegado el día anterior. Llevaban planeando el regreso más de un año.

–En el Crab Shack.

–Es mío –al menos la mitad. Melissa era su socia.

Él se sacó un papel del bolsillo y lo blandió ante su rostro.

–Has firmado la licencia.

–Ajá –era evidente que eso le molestaba.

–Y has firmado la cláusula de inhibición de la competencia.

–Ajá –repitió ella. Dicha cláusula formaba parte de la licencia original. Lo había firmado todo.

Él dio un paso hacia delante. Se erguía imponente sobre Juliet y ella recordó por qué se había encaprichado de él en la escuela. Ya era muy masculino entonces y lo seguía siendo: sexy e increíblemente guapo.

–¿Qué te propones? –preguntó él con su voz profunda.

Ella no entendió la pregunta, pero no iba a echarse atrás. Sacó pecho y le preguntó:

–¿A qué te refieres?

–¿Te estás haciendo la tonta?

–No. ¿Qué quieres, Caleb? Tengo trabajo.

Él la fulminó con la mirada.

–¿Quieres dinero? ¿Es eso?

4

—El Crab Shack no está en venta. Vamos a abrirlo de nuevo.

Lo habían heredado de su abuelo. Era el sueño de ambas hermanas y se lo habían prometido a su adorado abuelo en su lecho de muerte. Su padre, sin embargo, no quiso que la familia volviera a Whiskey Bay.

—Los dos sabemos que eso no va suceder.

—¿Ah, sí?

—Estás empezando a fastidiarme, Juliet.

—Es Jules. Y tú a mí.

—¿No tiene que ver con eso? —preguntó él alzando la voz.

Ella miró hacia donde Caleb señalaba por la ventana.

—¿Con qué? —preguntó sin entender.

—Eso —Caleb salió fuera. Ella lo siguió y vio que indicaba el puerto deportivo de Whiskey Bay. Le pareció el de siempre, salvo porque la categoría de las embarcaciones había subido. En el muelle se alineaban elegantes y modernos yates. Más allá del puerto, en un terreno que siempre se había considerado baldío, había dos camiones, dos camionetas y un buldócer.

Lo que fueran a construir no sería tan atractivo como la línea natural de la costa, pero estaba lo suficientemente lejos como para no molestar a los clientes del restaurante. Al sur del Crab Shack solo se veía naturaleza. Los altos acantilados de Whiskey Bay se hallaban cubiertos de cedros y arbustos. No se podía construir en ese lado: todo era roca.

Jules se apuntó mentalmente que las vistas del restaurante estuvieran orientadas al sur.

–No creo que eso vaya a molestarnos demasiado –observó.

La expresión de asombro de Caleb se vio interrumpida por la llegada de Melissa en su pequeña camioneta.

–Hola –dijo al bajarse del vehículo con dos bolsas en los brazos y una sonrisa radiante.

–¿Te acuerdas de Caleb Watford?

–Pues no –Melissa dejó las bolsas y le tendió la mano–. Recuerdo que nuestras familias se odiaban.

Jules sonrió, contra su voluntad, ante el franco comentario de su hermana, pero seguro que a Caleb no le había sorprendido. Era conocida la enemistad entre sus bisabuelos y sus abuelos. Era muy probable que fuera la razón del odioso comportamiento de Caleb. No querría que los Parker volvieran a Whiskey Bay. Pues peor para él.

Caleb le estrechó la mano a Melissa.

–O sois las mejores actrices del mundo…

Melissa miró a Jules sin entender.

–No me mires. No tengo ni idea de lo que habla. Pero está enfadado por algo.

–¿Lo ves? –Caleb volvió a señalar.

–Parece un buldócer –dijo Melissa.

–Es mío.

–¿Tengo que darte la enhorabuena? –preguntó Melissa, que seguía sin entender.

–¿Sabéis a qué me dedico?

–No –respondió Jules.

Sabía que los Watford eran ricos. Poseían una de las tres mansiones situadas en los acantilados de Whiskey Bay.

–¿Eres conductor de buldóceres? –preguntó Melissa.

–¡No lo dirás en serio! –exclamó Jules. Le resultaba imposible imaginarse a Caleb conduciendo semejante máquina–. Los Watford son muy ricos. Los ricos no conducen buldóceres.

Jules se imaginaba a Caleb sentado en un escritorio en un opulento despacho. No, tal vez no. ¿Dirigiendo una obra? Quizá fuera arquitecto.

Caleb las miraba alternativamente. Jules decidió que estaría bien dejarlo hablar.

–Soy dueño y director de la cadena de restaurantes de marisco Neo. Ahí –señaló donde se hallaba el buldócer– vamos a construir uno.

Las dos hermanas miraron en esa dirección y Jules entendió por qué Caleb estaba tan enfadado.

–Ah –dijo Melissa–. Pero ahora no puedes construirlo ahí por la cláusula de no competencia de la licencia de nuestro bar.

–Iba a expirar el miércoles –apuntó él.

–Lo vi cuando la renovamos –contestó Melissa.

–Ahora entiendo por qué estás tan decepcionado –dijo Jules.

–¿Decepcionado? –Caleb agarró la lata de cerveza que Matt Emerson le lanzó desde el bar en la terraza del puerto deportivo–. He invertido un millón de dólares en el proyecto y ella cree que estoy decepcionado.

–¿Y no lo estás? –preguntó T.J. Bauer dando un trago a su cerveza.

Los tres hombres se hallaban en la terraza del edificio de oficinas del puerto deportivo de Whiskey Bay. Las luces del muelle se reflejaban en el agua espumosa que se arremolinaba entre los yates.

Caleb fulminó con la mirada a T.J.

–¿Crees que esto es por tu padre? –preguntó Matt.

–O por tu abuelo –apuntó T.J.–. Puede que ahora tengas que pagar las consecuencias.

–No es mi problema –dijo Caleb.

–¿Sabe ella eso, que no es tu problema? –preguntó Matt.

Caleb no creía que Jules fuera capaz de llevar a cabo semejante plan de venganza.

–¿Sugieres que ella se enteró de que iba a construir un restaurante en Whiskey Bay y ha esperado hasta el último momento, cuando se cumplían cuarenta años de que su abuelo hubiera conseguido la licencia, para firmar la cláusula de no competencia y frustrar mi proyecto para que perdiera una fortuna, y todo ello como venganza por el comportamiento de mi padre y mi abuelo?

–Puntuaría muy alto en una escala de genio malvado –dijo T.J.

–Tus antepasados se portaron de forma malvada con sus antepasados.

Caleb estaba de acuerdo. Su abuelo le había robado a Felix Parker a la mujer a la que amaba, en tanto que su padre había arruinado las posibilidades de Roland Parker de acudir a la universidad.

Caleb no se sentía orgulloso de ninguno de los dos.

—Yo no les he hecho nada a los Parker.

—¿Se lo has dicho a Jules? —preguntó Matt.

—Afirma que no sabía que quería construir ahí un restaurante.

—Puede que sea así —comentó T.J.—. Tal vez haya llegado el momento de que aceptes inversores. Bastaría una llamada a mis clientes, Caleb, y los dieciséis restaurantes Neo que tienes en Estados Unido se convertirían en cuarenta en todo el mundo. Perder un millón de dólares aquí sería insignificante.

—No me interesa.

—No será porque no lo he intentado —apuntó T.J. al tiempo que se encogía de hombros.

—Puede que ella se esté marcando un farol —dijo Matt, que fue a sentarse en una silla.

—No va de farol —aseguró Caleb—. Ya ha firmado la cláusula de no competencia.

—Pues finge que crees que ella solo defiende sus intereses y que no se trata de una retorcida venganza contra tu familia. Averigua si se avendría a que coexistierais.

—Ya veo lo que pretende Matt —afirmó T.J. mientras se sentaba—. Explícale que el Neo y el Crab Shack pueden tener éxito. Si no pretende hacerte daño, estará dispuesta a que lo discutáis.

–Se dirigen a nichos de mercado distintos –Caleb se sentó mientras pensaba que podía ser una buena estrategia–. Y cuando se superpongan, uno podría beneficiar al otro. Yo estaría dispuesto a mandarle clientes.

–Pero no parezcas arrogante –apuntó Matt–. A las mujeres no les gusta.

–¿No eres tú el experto en mujeres? –preguntó T.J. a Caleb.

–Jules no es solo una mujer –respondió Caleb mientras imaginaba sus brillantes ojos azules, su cabello rubio y sus rojos labios carnosos–. Quiero decir que no es que no sea guapa, que lo es, pero eso es irrelevante para este asunto. No intento salir con ella, sino hacer negocios.

–Uy –dijo Matt a T.J.

–Tenemos un problema –contestó T.J. a Matt.

–No se trata de eso –dijo Caleb–. La última vez que la vi tenía quince años. Era mi vecina. Y ahora se ha convertido en un problema. Pero eso no tiene nada que ver con aquello de lo que estábamos hablando, que vosotros dos vais a volver a salir con mujeres. Por cierto, ¿cómo va eso?

Los dos le sonrieron.

–¿Crees que vamos a dejar que cambies de tema con tanta facilidad? –preguntó Matt.

–¿Estáis saliendo alguno de los dos con alguien? –preguntó Caleb–. Yo tuve una cita el fin de semana pasado.

Matt acababa de salir de un amargo divorcio y era el segundo aniversario de la muerte de la esposa de T.J. Ambos querían llevar la vida de soltero de Caleb y este se había comprometido a ayudarlos.

–¿Matt? –una voz femenina les llegó desde el muelle.

–Hablando de mujeres… –dijo T.J.

Matt se levantó.

–¿Quién es? –preguntó T.J., que se levantó para asomarse a la barandilla.

–Mi mecánica –contestó Matt–. Hola, Tasha. ¿Qué pasa?

–No me gusta cómo suena el motor del *MK*. ¿Puedo tomarme un día para desmontarlo?

Caleb vio a una mujer esbelta vestida con una camiseta, unos pantalones y botas de trabajo. Una cola de caballo sobresalía por debajo de la gorra de béisbol que llevaba en la cabeza.

–Está reservado todos los días a partir del domingo.

–Puedo hacerlo mañana, entonces. Perfecto. Lo dejaré listo.

–Gracias, Tasha.

–¿Esa es tu mecánica? –preguntó T.J. mientras la veía alejarse.

–¿Quieres salir con ella? –preguntó Matt.

–Es muy guapa.

Matt se echó a reír.

–Es dura de pelar. No te la recomiendo. Se te comería vivo.

Caleb sonrió.

–¿Vamos mañana por la noche a la ciudad, a una discoteca?

11

Whiskey Bay se hallaba a menos de dos horas en coche de Olympia y le pareció que sus dos amigos necesitaban un empujoncito para volver a la vida social. Y él se alegraría de olvidar sus problemas durante unas horas.

—Me apunto —dijo Matt.

—Me parece estupendo —dijo T.J.

—En ese caso —apuntó Caleb apurando la cerveza—, me voy a casa a prepararme —se levantó—. Me gusta vuestra idea de someter a prueba la sinceridad de Jules. Lo haré por la mañana.

—Buena suerte —dijo Matt.

Whiskey Bay se caracterizaba por sus increíbles acantilados. Había muy poca tierra a nivel de mar, una pequeña parcela cerca del puerto y otra de tamaño similar donde Caleb pretendía construir el restaurante. El Crab Shack se hallaba situado en una lengua de tierra al sur del puerto deportivo. Llevaba cerrado más de diez años, desde que Felix Parker tuvo que dejarlo por ser demasiado viejo para seguir trabajando.

Cuatro casas se alzaban en la empinada vertiente del acantilado. La de Matt estaba justo encima del puerto deportivo; la de T.J. se hallaba a unos cuantos metros hacia el sur; después estaba la casita de los Parker; y, por último, la de Caleb.

En los años cincuenta del siglo XX, su abuelo había construido una vivienda similar a la de los Parker. La de estos seguía intacta, pero la de los Watford se había reconstruido varias veces. Tras la muerte de su abuelo, Caleb le había comprado la casa al resto de la familia y la había reformado.

Un sendero unía las cuatro casas. Caleb, Matt y T.J. habían instalado farolas, por lo que caminar por él era fácil cuando se hacía de noche. Caleb había pasado por delante de la casa de los Parker miles de veces, pero desde que Felix Parker se había mudado a una residencia de ancianos, cinco años antes, nunca había habido luz en la casa.

Esa noche la había. Caleb la observó desde lejos. Al aproximarse divisó la terraza y, de pronto, recordó a Jules cuando era adolescente el último verano que visitó a su abuelo. Bailaba en la terraza, vestida con pantalones cortos y una camiseta de rayas, con el pelo recogido de cualquier manera, creyendo que nadie la observaba. El sol brillaba en su cabello rubio y su piel blanca. Era muy joven y muy hermosa. Él tenía entonces veintiún años, y estaba construyendo su primer restaurante Neo en San Francisco.

–¿Nos espías? –Jules apareció de repente en el sendero, frente a él.

–Voy a casa –contestó él volviendo al presente.

Por suerte, ella no llevaba pantalones cortos ni una camiseta de rayas, pero sus vaqueros y su camiseta blanca eran todavía más excitantes que aquel atuendo juvenil, porque Jules ya era una mujer.

–Te habías quedado parado –apuntó ella.

–No estoy acostumbrado a ver luces en tu casa.

–Sí, ha pasado tiempo.

–Unos cuantos años –Caleb miró su perfil. Era

increíblemente bello. No recordaba haber visto a otra mujer tan hermosa.

–¿Sabías que tu familia nos mandó flores cuando mi abuelo murió? –preguntó ella.

–Sí –había sido idea suya.

–Mi padre se puso hecho una furia.

Caleb sintió una punzada de remordimientos.

–No se me había ocurrido.

–¿Así que fuiste tú? Me lo pregunté entonces. No tenía sentido que las hubiera mandado tu padre.

–En efecto –al padre de Caleb lo habían arrestado por un altercado con el de Jules, Roland. A Caleb no le habían contado todos los detalles, pero su padre siempre había clamado contra la reacción exagerada de las autoridades y había atribuido el motivo de la pelea a Felix Parker.

–Tu padre podía haber mandado una banda de música para celebrarlo.

–No sé qué decir…

–Es broma.

–Me ha parecido poco…

–¿Apropiado? ¿Reconocer que tu padre quería que mi abuelo muriera? –Jules se encogió de hombros–. Podemos fingir, si quieres.

–Me refería a hacer bromas sobre la muerte de tu abuelo.

–Tenía noventa años. No le hubiera importado. De hecho, creo que le hubiese gustado. Sigues enfadado conmigo, ¿verdad?

Sí, seguía muy enfadado con ella, pero también se sentía enormemente atraído por ella. Al mirarla a la débil luz de la farola, no era ira precisamente lo que experimentaba.

–Podemos fingir que no lo estoy.

Ella sonrió y él sintió una opresión en el pecho.

–Tienes sentido del humor.

Caleb no sonrió. Hablaba en serio. Estaba dispuesto a fingir que no estaba enfadado con ella.

De repente, ella se le acercó.

–Estuve enamorada de ti.

Él se quedó sin respiración.

–No sé por qué, ya que apenas te conocía. Pero eras mayor que yo, era verano y yo tenía casi dieciséis años. Y seguro que contribuyó el que nuestras familias estuvieran enfrentadas. Es gracioso ahora que tú… –ella lo miró y parpadeó–. ¿Caleb?

No podía besarla, no podía…

–¿Caleb?

Era imposible que ella le estuviera contando aquello por accidente. Tenía que saber el efecto que produciría en él o en cualquier otro hombre. Poseía un ingenio malvado.

–Sabes muy bien lo que haces, ¿verdad? –consiguió decir él en tono molesto.

Ella contempló su rostro.

–¿Qué hago?

Jules se merecía un premio de interpretación.

–Desequilibrarme. Bailar en la terraza en pantalones cortos, camiseta ajustada…

–¿Qué? ¿Bailar dónde?

–Tienes veinticuatro años.

–Lo sé.

—Y estás aquí sola, en el bosque, contándole a un hombre que estuviste enamorada de él.

Ella cambió de expresión al tiempo que retrocedía.

—Pensé que era una historia con encanto.

—¿Con encanto? —preguntó él con voz ahogada.

—De acuerdo, y algo embarazosa. Quería abrirme a ti y conseguir caerte bien.

Él cerró los ojos. No podía permitirse creer lo que ella le acababa de decir. No podía volverse loco por ella. No sabía qué hacer con aquello, qué hacer con ella, cómo situarla en algún contexto.

—No me vas a caer bien.

—Pero…

—Es mejor que te vayas.

—¿Que me vaya? —parecía dolida.

—Creo que no estamos en la misma onda.

Ella no contestó. Él abrió los ojos y vio que se había marchado. Suspiró aliviado. Pero el alivio se transformó en remordimientos al cuestionarse a sí mismo. Normalmente, con las mujeres, sabía distinguir entre un flirteo y una conversación inocente. Con Jules no era capaz.

—¿Le has dicho que estuviste enamorada de él? —le preguntó Melissa al día siguiente.

Jules quitó un retrato de actores de una serie de los años cincuenta de las paredes del restaurante.

—Intentaba… No sé —había tenido varias horas para lamentar sus palabras.

–¿No se te ocurrió que pensaría que flirteabas con él?

Jules entregó a su hermana, que se hallaba al pie de la escalera, la foto de Grace Kelly, y pasó a la de Elizabeth Taylor.

–No era mi intención flirtear.

–Pero lo hiciste. ¿Qué pensabas entonces?

–Que sería encantador, ya que estaba siendo abierta y sincera acerca de algo embarazoso. Creí que me haría parecer humana.

–Caleb sabe que eres humana.

–Al final, fue humillante –Jules le entregó la foto de Elisabeth Taylor.

–Así que has aprendido algo –Melissa fue a la barra a depositar las fotos en una caja de cartón.

–He aprendido que él no tiene ningún interés en flirtear conmigo.

–Yo más bien me refería a algo más amplio sobre las relaciones, el momento y el lugar oportunos y los comentarios adecuados.

Jules bajó de la escalera y la desplazó para quitar las tres fotos siguientes.

–Ah, eso no.

–Háblame de ese enamoramiento –dijo Melissa sonriendo–. Tendrías que habérmelo contado entonces.

–Eras muy pequeña.

–Pero hubiera sido muy emocionante.

Lo seguía siendo para Jules.

–Fue a los quince años. Él era alto, se afeitaba y vivía en una mansión. Por aquel entonces, yo recibía clases de literatura inglesa. Entre las hermanas Brontë y Shakespeare me inventé una interesante historia.

—No me acuerdo de él en aquella época.

—Porque solo tenías doce años.

—Lo que recuerdo sobre todo es el chocolate a la taza de la abuela. Era estupendo venir aquí y estar con ella, sobre todo después de morir mamá.

—Las echo de menos.

—Yo también —afirmó Melissa apretándole el brazo a Jules—. Pero no echaba de menos las ardillas que ahora nos despiertan por la mañana.

—¿No crees que podríamos cazarlas vivas y trasladarlas a otro sitio como hacen con los osos?

—No veo por qué no.

Jules reflexionó durante unos segundos mientras entregaba a Melissa la foto de Jayne Mansfield.

—No sé qué podríamos utilizar de cebo.

—¿Vais a ir a pescar? —la voz de Caleb la sobresaltó y se agarró a la escalera para equilibrarse—. ¿Qué haces ahí subida? —preguntó él—. ¿Hablabais de pesca?

—¿De pesca?

—Decías que necesitaríamos un cebo —intervino Melissa.

—Matt puede llevaros a pescar —dijo Caleb—. ¿Necesitas que te eche una mano?

—¿Por qué te has vuelto tan amable de repente? —preguntó Jules. Prefería que se trataran con cordialidad. Sin embargo, después de la discusión del día anterior y de su encuentro por la noche, esperaba que la evitara, no que se presentara en el bar y fingiera que eran amigos.

–No me he vuelto amable.

–¿Quién es Matt? –preguntó Melissa mientras llevaba la foto de Doris Day a la caja.

–El dueño del puerto deportivo –explicó Caleb.

–¿Los yates son suyos? –preguntó esta.

–Los alquila.

–A un precio prohibitivo –intervino Jules.

–A vosotras no os cobraría.

Jules bajó un peldaño y esperó a que Caleb se apartara para dejarle sitio.

–No vamos a ir de pesca.

–No nos precipitemos –apuntó Melissa.

–Puedo arreglarlo –Caleb no se movió.

Jules se dio la vuelta antes de bajar otro peldaño, decidida a mirarlo cara a cara.

–Estamos muy ocupadas para ir de pesca –afirmó, mirándolo a los ojos.

–¿Cuánto tiempo dura una excursión de esa clase? –preguntó Melissa.

–¿Cómo es que no recelas de un enemigo que te ofrece un regalo? –preguntó Jules a su hermana, sin dejar de mirar a Caleb.

–No soy enemigo vuestro –dijo él. Sus ojos grises la miraron desafiantes. Un peldaño más y ella estaría prácticamente en sus brazos.

Pero Jules no iba a ser la que se echara atrás. Bajó el último peldaño.

–¿A qué has venido?

–Quería hablar contigo.

–¿De qué? –Jules se dijo que no debía hacer caso de la excitación que comenzaba a sentir. Caleb era muy guapo y a ella le había despertado emociones en otro tiempo. Pero podía controlarlo.

Él respiró hondo. Solo faltaban unos centímetros para que se tocaran. Ella se preguntó cómo reaccionaría él. Se dijo que debía tocarlo y ver qué pasaba.

–Ha llegado el contratista –anunció Melissa mientras se oía el motor de un coche que aparcaba.

–¿Me necesitas? –preguntó Jules.

–No. Le voy a enseñar el edificio –contestó su hermana dirigiéndose a la puerta.

–No tenemos que competir entre nosotros –apuntó Caleb.

–No vamos a hacerlo –dijo ella mientras se preguntaba cuánto tiempo iba a tenerla allí atrapada–. Debido a la cláusula de no competencia, no puedes construir el restaurante.

Caleb se inclinó hacia ella.

–El restaurante no competiría contigo.

–Claro que no, porque no existe.

–Quiero decir, si existiera. Atenderíamos a una clientela distinta.

–El Crab Shack atiende a clientes que desean comer marisco. ¿Y el Neo?

–El Neo ofrece cocina de calidad; el Crab Shack, cocina informal.

–¿Por qué dices eso?

Miró a su alrededor: los viejos ladrillos, el linóleo partido, las rústicas vigas…

–No me malinterpretes…

–¿Cómo iba a hacerlo? –Jules se cruzó de brazos y tocó a Caleb con los codos. Durante unos segundos, ella perdió el hilo de sus pensamientos.

–Si os decidierais a ofrecer cocina de alta calidad, seríamos complementarios. Podríamos intercambiar clientes, unirnos para ser el lugar ideal de los alrededores de Olympia donde comer marisco.

–Muy bien.

–¿Te interesa?

–No.

–¿Por qué?

–Es un buen razonamiento, Caleb, pero falso. Y muy ingenioso. Neo es una famosa cadena nacional. Aniquilarías el Crab Shack.

Les llegaron las voces de Melissa y el contratista desde la terraza.

–Entonces, ¿no estás de acuerdo?

–No.

–¿Y no vamos a ser amigos?

–Me temo que no.

–Muy bien –soltó la escalera y retrocedió.

Ella se dijo que no estaba decepcionada y que no echaba de menos su contacto.

–Pero antes de marcharme… –dijo él, sorprendiéndola al ponerle la mano en la mejilla–. Como probablemente no puedo empeorar más las cosas…

Su intención era evidente. Ella se dijo que debía negarse, volver la cabeza, dar un paso. Nada se lo impedía. Pero no lo hizo, sino que se rindió a nueve años de fantasía y entreabrió los labios mientras él salvaba el espacio que los separaba.

Capítulo Dos

Antes de que sus labios tocaran los de Jules, Caleb supo que estaba cometiendo un inmenso error, pero también que le daba igual.

Se había pasado media noche despierto pensando en ella, recordándola en el sendero frente a su casa mientras le decía que había estado enamorada de él. Debería haberla besado en ese momento. Otro hombre lo hubiera hecho.

Y ahora tocaba su cálida y suave mejilla. Le introdujo los dedos en el sedoso cabello y, por fin, apoyó los labios en los de ella. Lo hizo con suavidad. Quería devorarla, pero no deseaba asustarla ni que lo rechazara.

Los labios de ella se entreabrieron. Él la agarró con más fuerza mientras con la mano libre le rodeaba la espalda. Sintió latirle el deseo en el cuerpo y la excitación despertó sus sentidos. Cedió a la tentación y le acarició la lengua con la suya.

Ella gimió y él la apretó contra sí, uniendo sus cuerpos. La besó con mayor profundidad, inclinándola, para ello, ligeramente hacia atrás.

Les llegó la voz de Melissa desde el exterior. Sus pasos resonaron en la terraza. Una voz masculina le respondió.

Jules puso las manos en los hombros de Caleb y lo empujó levemente. Él reaccionó de inmediato, se echó hacia atrás y vio sus mejillas arreboladas, sus labios hinchados y los ojos vidriosos.

Deseó volverla a besar. Deseaba más. No quería parar de ningún modo.

–He empeorado las cosas –afirmó, casi para sí mismo.

–No podemos hacerlo. No me fío de ti.

–Podías haberte negado –la culpa no era toda de él.

Ella sonrió con timidez.

–Lo sé. Me refiero a algo más que a un beso.

–Dime por qué.

–¿Por qué no confío en ti?

–Sí.

–No confío en ti porque no confío –dijo ella después de reflexionar durante unos segundos.

–Ese argumento no sirve.

–Muy bien –Jules se apoyó en la escalera–. No me fío de ti porque eres de la familia Watford.

–Casi no me conoces.

–Conozco a tu familia.

–No es lo mismo.

–Sé que intentas que no vele por mis intereses.

–Solo hasta cierto punto. Pero, a largo plazo, sé que funcionaría para los dos.

–¿Te mientes a ti mismo o solo me mientes a mí?

–No miento.

–Lo has heredado –dijo ella, cansada de esperar que él la dejara pasar.

–¿El qué?

–El don de la persuasión. Al igual que tu padre y tu abuelo, confías en tu capacidad de salirte con la tuya mediante las palabras.

Caleb no era como ninguno de los dos; al menos, no quería serlo. Había intentado mitigar los rasgos del carácter de su padre en sí mismo. En general, lo había conseguido.

–Eso no es justo.

–¿Justo? –Jules soltó una carcajada–. ¿Un Watford hablando de lo que es justo? Aún más, ¿un Watford hablando de lo que es justo mientras intenta convencer a una Parker de que no haga algo?

Caleb supo que había perdido. Ella no iba a razonar, al menos en aquel momento. Besarla había sido un error monumental. Pero había sido un beso fantástico. Si ese beso era el mayor error que cometería ese día, sería un buen día.

–¿No vas a responderme? Vaya, Caleb, me decepcionas.

¿Hay algo que pueda decir para hacerte cambiar de opinión?

–No.

¿Hay alguna posibilidad de que salgas conmigo?

La pregunta pareció pillarla desprevenida, ya que tardó unos segundos en responder.

–¿Me estás pidiendo una cita?

–Sí, para ir a bailar, a cenar, a lo que sea.

–¿Es broma? ¿Pretendes desconcertarme?

–No, no es broma. Es evidente que existe atracción entre nosotros.

–No tenemos nada en común.

–Me gusta besarte –y estaba seguro de que a ella le gustaba besarlo.

–Seguro que te gusta besar a muchas mujeres.

No tanto como a ella. Sin embargo, la acusación era cierta. Y no quería mentirle.

–Supongo que sí.

–Entonces, sal con una de ellas.

–Preferiría hacerlo contigo.

–Eres de lo que no hay.

–Y tú, muy testaruda.

–Desde luego –le puso el índice en el pecho–. Y esto no es nada.

Él le agarró la mano y se la llevó al corazón. Los ojos de ella brillaban, sus mejillas estaban arreboladas y sus labios aún hinchados por el beso. Era la mujer más sexy del planeta.

–Ni se te ocurra –dijo ella apartando la mano.

–No voy a volver a besarte –comentó él sonriendo.

–Más te vale.

–Te propongo un trato: la próxima vez, tienes que ser tú la que me bese.

Melissa entró con expresión entusiasta.

–Jules, te presento a Noah Glover. Se ha ofrecido a ayudarnos con las obras.

Jules dedicó una sonrisa radiante al recién llegado, lo que puso celoso a Caleb.

Noah era alto y musculoso. No iba afeitado y llevaba el cabello enmarañado.

–Encantada de conocerte, Noah –dijo Jules acercándose a él.

Se estrecharon la mano y Caleb volvió a sentir celos, lo cual se reprochó con dureza. Una cosa era querer besarla, incluso abrazarla, desnudarla y hacerle el amor, y otra muy distinta sentirse celoso de que un hombre le estrechara la mano. No consentiría que volviera a suceder.

—Espero que Melissa te haya avisado de que no disponemos de mucho presupuesto —dijo Jules a Noah—. Queremos hacer nosotras mismas todo el trabajo que sea posible.

—Me parece bien —afirmó Noah.

—Entonces, perfecto —contestó ella mientras seguía estrechándole la mano.

¿Eso era todo?, se preguntó Caleb. ¿Iban a contratar a aquel tipo en aquel mismo momento? ¿Y las referencias?

Avanzó un paso y le tendió la mano a Noah.

—Soy Caleb Watford, un vecino —quería supiera que no podría aprovecharse de Jules y Melissa.

—Encantado.

—Y nuestro declarado enemigo —intervino Jules.

Caleb la miró molesto ¿No se daba cuenta de que trataba de ayudarlas?

—¿Qué ha pasado mientras he estado fuera? —preguntó Melissa mirándolos alternativamente.

—Nada —respondió Jules a toda prisa—. Bueno, más de lo mismo.

—Por mí, puedo empezar mañana —aseguró Noah a las hermanas—. Si me decís lo que podéis gastaros, os presentaré distintos presupuestos y veremos qué opciones hay.

Noah tenía la voz profunda.

Caleb no sabía si Noah era de Whiskey Bay o estaba de paso. Ya se enteraría.

–De acuerdo –dijo Melissa–. Estoy deseando empezar.

–Entonces, hasta mañana –Noah se despidió con una sonrisa.

–Parece que sabe lo que se hace –comentó Melissa.

–Lo acabáis de conocer. ¿Cómo podéis juzgar si es competente? –preguntó Caleb.

–Parece abierto y sincero –afirmó Melissa–. Sus referencias son muy buenas.

–¿Las habéis comprobado?

–Melissa es licenciada en Ciencias Empresariales –comentó Jules.

–Por supuesto que las he comprobado –le aseguró Melissa a Caleb.

–Solo quería decir que…

–¿…unas dulces jovencitas como nosotras no sabemos desenvolvernos en este mundo perverso? –lo interrumpió Jules en tono sarcástico.

–No sé por qué has confiado en él de inmediato y, sin embargo, desconfías de mí.

–Por mi experiencia y buen juicio.

–Es injusto.

–Ya te lo he dicho, Caleb: eres un Watford. No tengo ningún motivo para ser justa contigo.

***

—Es muy guapo —dijo Melissa dos días después.

Jules dejó de quitar el barniz de la barra y miró hacia la puerta, esperando ver entrar a Caleb, pero no apareció. Melissa estaba arrancando el marco de una ventana y Noah se hallaba fuera tomando medidas. Jules se sintió un poco decepcionada, aunque le doliera reconocerlo.

—¿Te refieres a Noah?

¿A quién, si no? ¡Qué hombros y qué bíceps!

—Sí, parece que está en forma.

Noah no le parecía especialmente atractivo, aunque reconocía que sus duros rasgos podían ser bellos. Tenía el cabello rubio y espeso e iba vestido con ropa y botas de trabajo.

—No puedo dejar de mirarlo.

—No hubiera dicho que fuera tu tipo.

Los hombres con los que Melissa había salido en la universidad eran, en general, intelectuales, aunque estuvo dos meses con un jugador de baloncesto.

—¿Guapo y sexy? ¿Cómo no va a ser mi tipo?

Jules pensó que, si entretenía a Melissa mientras se hacían las obras, se alegraría por ella.

—Sigue con lo que estás haciendo.

—Puedo mirarlo y seguir arrancando el marco. ¿Crees que se quitará la camisa si tiene calor?

—Creo que, si le pides que lo haga, nos demandará por acoso sexual.

—No voy a pedírselo. Al menos, no directamente.

—No se te ocurra ni insinuárselo.

—Pero puedo tener la esperanza de que lo haga.

–Muy bien, no existe la policía de la mente.

–Menos mal –observó Melissa sonriendo–, porque lo que me estoy imaginando probablemente sea ilegal en todo el país.

–No me lo cuentes, por favor.

–Eres una mojigata.

Jules cerró los ojos y se puso a cantar.

–Conejitos rosas, conejitos rosas…

Melissa se rio de sus payasadas

–Parece que me he perdido algo –dijo Caleb desde el umbral de la puerta.

Jules abrió los ojos. Hablando de hombres guapos y sexys… Caleb llevaba unos vaqueros, una camisa blanca y una americana azul. Tenía un aire informal y elegante a la vez que haría avergonzar al resto de los hombres.

–¿Conejitos rosas? –preguntó enarcando una ceja.

–Es nuestro mantra para no imaginar cosas desagradables.

–¿Quieres algo? –intervino Jules mientras se decía que debía dejar de comérselo con los ojos.

–He estado investigando vuestro proyecto –respondió él mientras entraba.

Jules se ajustó los guantes y siguió quitando el barniz con una espátula.

–No te acerques. Es peligroso.

Él se detuvo con el ceño fruncido.

–¿Sabes lo que haces? ¿Lo has hecho antes?

–He visto un vídeo en YouTube.

–O sea, que la respuesta es que no lo has hecho antes.

29

–La respuesta es que no es asunto tuyo.

–Estás muy quisquillosa.

A Jules no le gustaba que interfiriera en su vida con tanta libertad, pero reconocía que Caleb la entretenía tanto como Noah a su hermana.

Se produjo un fuerte ruido en la ventana en la que estaba trabajando Melissa.

–¿Te has hecho daño? –preguntó Jules.

–No, estoy bien. Me he distraído.

–¿Dónde vais a poner todo esto? –preguntó Caleb mirando los trozos de madera.

–Hay un contenedor en el aparcamiento.

Caleb vio unos guantes de trabajo, se los puso y agarró un montón de madera.

–No estás vestido para trabajar –comentó Jules.

–No, pero voy a ayudaros mientras hablamos.

–¿No nos habíamos dicho ya todo lo que teníamos que decirnos?

Él se limitó a negar con la cabeza mientras salía.

–Eres igual de mala que yo –dijo Melissa a su hermana.

–¿Tanto se me nota? –preguntó Jules al tiempo que observaba a Caleb por detrás al salir.

–Sobre todo cuando babeas.

–Solo intento adivinar qué hace aquí.

–Por tu expresión, nadie lo diría. Pero, vale. ¿A qué crees que ha venido?

–Ha dicho que había estado investigando nuestro proyecto. Supongo que se refiere a que está buscando la forma de que eliminemos la cláusula de no competencia.

–Es probable. Ahí viene.

–Ya lo veo.

A Jules le gustó igual verlo de frente. No hacía falta que le cayera bien para admirar su anchura de hombros, su balanceo al andar, su cuadrada mandíbula y su cabello negro y bien cortado. La invadió una oleada de calor y se le formaron gotitas de sudor en la frente.

–¿Qué más hay que hacer? –preguntó él al entrar de nuevo.

–Ya has terminado –dijo Jules.

Aunque le gustara mirarlo, había llegado a la conclusión de que podía ser peligroso pasar mucho tiempo con él.

Caleb se quitó la americana y se enrolló las mangas de la camisa.

–¿Estás de broma? Vas a estropearte la camisa –dijo ella.

–Tengo otras –contestó él encogiéndose de hombros.

–Di lo que hayas venido a decir y lárgate. Vuelve a tu vida ordenada.

–No sé cómo tomarme eso –comentó él al tiempo que fingía que le habían sentado mal sus palabras.

–Tienes tu propio proyecto de construcción del que preocuparte.

–De eso precisamente quería hablarte. Quería enseñaros algunas cifras de mis otros restaurantes.

–¿Vas a alardear de tus ganancias?

Él no hizo caso de la burla.

–Y también los planos del nuevo –Caleb agarró un martillo–. ¿Cuántas mesas vais a poner?

–No es asunto tuyo.

–Jules –dijo él en tono paciente–. No vamos a solucionar nada si te muestras tan hostil.

–Treinta y cuatro mesas, doce dentro del bar y dieciocho en la terraza –intervino Melissa.

Jules la fulminó con la mirada.

–¿Qué pasa? No es secreto de estado. Basta con que obtenga una copia de la licencia.

–El Neo tendrá ciento setenta y dos, divididas en dos plantas, y otras cincuenta en el patio, cuando haga buen tiempo. No voy competir con vosotras.

–Estoy de acuerdo –dijo Jules–. No habrá competencia entre nosotros.

–¿Por qué elegiría alguien el Crab Shack? –preguntó Melissa.

–Porque le gusta el marisco –contestó Caleb–. Y porque a nadie le gusta comer siempre en el mismo sitio. Y porque, si vienen al Neo, verán el Crab Shack y les picará la curiosidad.

–O puede que vengan aquí –observó Jules– y descubran el Neo.

–Exactamente.

–No seas condescendiente conmigo. Los dos sabemos que eso no sucedería. Lo que nos ofreces son tus sobras.

–Los restaurantes Neo son una famosa cadena que ha ganado premios internacionales. No voy a disculparme por eso.

–Lo puedes adornar como quieras, pero el resultado será el mismo: el Neo gana y el Crab Shack pierde. Nos va a ir mejor siendo la única opción en Whiskey Bay.

–¿Os puedo enseñar al menos los planos?

–Claro –dijo Melissa.

–¡Melissa!

–¿Qué mal hay en echarles una ojeada, Jules? ¿No te pica la curiosidad?

Le picaba, pero no iba a reconocerlo.

–Míralos, si quieres. A mí no me interesan.

–Los traeré después –dijo Caleb mientras quitaba un trozo de marco.

–No va a conseguir que cambiemos de opinión –concluyó Jules en tono convencido al tiempo que se esforzaba en dejar de mirarlo.

Debido a la curva de la línea de playa, Caleb veía desde el salón el lugar donde se iba a construir el Neo. También divisaba el Crab Shack, donde, esa noche, había luces encendidas.

–Jules ni siquiera quiso ver los planos –dijo volviéndose hacia su abogado, Bernard Stackhouse.

–¿Qué esperabas?

–Creía que les echaría un vistazo. Esperaba que fuera razonable y dejara de mostrarse obstinada.

–¿Y que hiciera las cosas como tú quieres?

Bernard estaba sentado en un sillón de cuero. Llevaba un traje impecable, como siempre. Caleb dudaba que sintiera emoción alguna, a pesar de que podía hablar apasionadamente en un juicio. Pero el abogado no se privaba de utilizar el sarcasmo.

–Claro que quiero que haga las cosas a mi manera. Melissa, su hermana, parece mucho más razonable.

–¿Hará cambiar de idea a Jules?

–No sé si lo está intentando, pero le gustaron los planos del restaurante –Caleb volvió a mirar el lugar de la obra. Se imaginó el edificio acabado, a toda la gente a la que emplearía y a los felices comensales disfrutando de la vista de la playa. Le consumía la impaciencia de tenerlo todo terminado. Cada día que tenía que esperar, calculaba el coste: el alquiler del equipo, la cuadrilla de obreros de brazos cruzados, el dinero que le iba a costar el retraso en la inauguración… Si aquello iba a acabar con la derrota de uno de los dos, quería estar seguro de no ser él quien perdiera.

–He encontrado una nueva e interesante posibilidad –dijo Bernard.

–¿Y por qué has tardado en decírmela?

–Creí que querías desahogarte. ¿Por qué no te sientas?

–¿A qué tipo de posibilidad te refieres? –¿era tan sorprendente que no le iban a sostener las piernas?

–Me duele el cuello de tener que levantar la cabeza para mirarte. Siéntate.

Caleb pensaba mejor de pie, pero se sentó en el brazo del sofá.

–No se trata de una explicación de quince segundos.

–Eso espero, porque ya llevas dos minutos de preámbulo.

–Te pareces mucho a tu padre –dijo Bernard sonriendo.

Caleb oyó que se abría la puerta principal. Sería uno de sus dos amigos.

–Estamos aquí –gritó.

–¿Quieres que espere a que estemos solos? –preguntó Bernard.

–¿Por qué iba a quererlo? ¿Es una opción secreta o ilegal?

–¿Qué es lo que es ilegal? –preguntó Matt entrando en el salón.

–Sí –dijo Bernard–. Como abogado, te prevengo que infringirías la ley.

–¿Qué bebemos? –quiso saber Matt mientras se sentaba en otro sillón.

–Un tequila –dijo Caleb. Matt volvió a levantarse y se dirigió al bar.

–Continúa –urgió Caleb a su abogado.

–Hay un derecho de servidumbre; es decir, un derecho de paso –sacó un mapa del portafolios y lo desplegó sobre la mesa de centro–. El camino de acceso al Crab Shack cruza por tus tierras. Justo ahí –lo señaló.

–¿Te refieres al terreno de T.J.?

–No. Las cuatro parcelas constituían al principio una sola. Las casas de T.J., Matt y Parker se construyeron en un terreno muy pequeño. El resto de la parcela la compró tu abuelo. El resultado es una especie de península de terreno que te pertenece frente a cada una de las otras propiedades. Nadie ha prestado atención a ese hecho porque se trata básicamente de rocas del acantilado, salvo por el camino de acceso.

Caleb se inclinó a mirar el mapa mientras Matt volvía con tres tequilas.

—Creí que te habrías dado cuenta de que no hablaba en serio —le dijo Caleb. Esperaba que Matt hubiera abierto tres cervezas.

—Pues ya es tarde.

Caleb volvió a mirar el mapa. El camino que llevaba al Crab Shack se desviaba del principal y cruzaba por su terreno.

—¿Pueden desviarlo a lo largo de la playa? —preguntó.

—He hablado con un ingeniero —contestó Bernard—. Para eso tendría que construir un puente.

—No tienen mucho dinero.

—Entonces, ahí tienes la respuesta.

Matt lanzó un silbido.

—Es una situación peliaguda.

—Pierdo diez mil dólares diarios por tener una maquinaria alquilada que no se usa.

—¿Vas a llevarlas a la quiebra?

—Voy a usarlo para presionarlas —ya había usado la zanahoria, por lo que tal vez fuera la hora de utilizar el palo. Demostraría a Jules que, si no trabajaban juntos, se aniquilarían mutuamente. Y, sin duda, a pesar de su obstinación, no elegiría esa posibilidad.

La puerta principal volvió a abrirse y entró T.J.

–¿Estáis listos para salir?

Los tres habían acordado ir a una discoteca en Olympia esa noche. A Caleb le había parecido buena idea, pero, en aquel momento, lamentaba haberse comprometido. Prefería quedarse en casa. No iba a amenazar a Jules con cancelar su derecho de paso esa noche, pero no estaba de humor para ir a bailar y tener que hablar de trivialidades con mujeres que no conocía.

–¿Es eso una ambulancia? –preguntó T.J. mirando por la ventana.

Caleb se levantó e inmediatamente vio las luces que se acercaban al Crab Shack. Se dirigió a la puerta y Matt y T.J. lo siguieron.

Tomaron el sendero porque era la forma más rápida de llegar. Caleb echó a correr. Tardó menos de cinco minutos en llegar a la península mientras iba repasando mentalmente todas las posibilidades de que Jules hubiera sufrido un accidente. Matt lo alcanzó. T.J. los seguía a escasa distancia. Caleb no sabía si Bernard se había molestado en ir tras ellos, Al aproximarse a la casa vio a los enfermeros sacando una camilla. Aumentó la velocidad de la carrera.

Entonces vio a Jules. No era la que estaba en la camilla, lo que le provocó una inmensa sensación de alivio. Pero volvió a sentir miedo, ya que, si no era Jules, tenía que ser Melissa.

–¿Qué ha pasado? –gritó cuando ya estaba muy cerca.

–¿Qué haces aquí? –preguntó Jules sorprendida.

–Hemos visto las luces de la ambulancia –contestó él entre jadeos–. ¿Qué ha pasado?

–La pistola de clavos –dijo Melissa desde la camilla. Su voz denotaba tensión.

–¿Estabas utilizando una pistola de clavos? ¿Tenéis una? –añadió dirigiéndose a Jules.

–Nosotras no; Noah es quien la tiene.

–¿Dónde está Noah? –Caleb quería tener unas palabras con él. ¿En qué pensaba al dejar que las hermanas usaran una pistola de clavos? ¿Estaba loco?

–Ha sido culpa mía –dijo Melissa, ya dentro de la ambulancia.

–¿Viene usted con nosotros? –preguntó un enfermero a Jules.

–Sí.

–Nos vemos allí –dijo Caleb.

–¿Por qué? –preguntó ella mientras se montaba en el vehículo.

–Vete.

–Melissa parece estar bien –apuntó Matt.

T.J. llegó jadeando.

–Tienes que ir al gimnasio –dijo Matt.

–Desde luego –contestó T.J.–. ¿Qué ha pasado?

–Melissa ha tenido un accidente con una pistola de clavos –respondió Caleb.

–¿Es grave? –preguntó T.J. con una expresión de incredulidad.

–Nos ha hablado cuando estaba en la camilla, pero voy a ir al hospital a averiguar lo que ha pasado –Caleb pensó que era lo razonable. Las hermanas eran vecinas suyas y era posible que Jules necesitara algo; como mínimo, que alguien la llevara de vuelta a casa.

–Es el síndrome del caballero andante –dijo Matt.

–¿A quién vas a rescatar? –preguntó T.J. a Caleb–. ¿A la hermana razonable o a la difícil?

–A ninguna de las dos –sencillamente, se comportaba como un buen vecino. No había en ello nada extraordinario.

Capítulo Tres

Jules no sabía si sentarse y esperar pacientemente a que le dijeran algo o pasear por la sala de espera del hospital y preocuparse. En la ambulancia, Melissa parecía encontrarse bien y animada, teniendo en cuenta que un largo clavo le sobresalía de la mano izquierda. Por ello, Jules había supuesto que su hermana no podía estar malherida si estaba despierta y gastando bromas. Pero podía ser que se encontrara en estado de shock.

Decidió pasear. El personal del hospital se había tomado la herida muy en serio y se habían llevado a su hermana a toda prisa. De pronto vio a Caleb por el pasillo avanzando rápidamente hacia ella. Se sintió inexplicablemente aliviada, pero enseguida desechó la sensación. Era embarazoso reaccionar así, ya que él no era médico ni un amigo ni nadie importante en la vida de Melissa o en la de ella. No había motivo alguno para que su presencia la consolara.

–¿Está bien Melissa? –preguntó él en tono preocupado.

Jules sintió un intenso deseo de refugiarse en sus brazos. No iba a hacerlo, desde luego, pero se preguntó cómo reaccionaría él si lo hiciese.

–La han llevado a cirugía.

–Eso parece grave.

–Me han dicho que es por precaución. Hay un especialista en manos que quiere asegurarse de que no van a dañar ningún nervio ni tendón al extraerle el clavo.

–¿Estás preocupada? –Caleb se acercó un poco más a ella, pero Jules hubiera preferido que se mantuviera alejado, porque le era más fácil resistirse a la atracción que sentía por él.

–No lo sé. ¿Debiera estarlo? La verdad es que estoy preocupada de no estarlo. ¿Tiene sentido?

–Sí.

–Melissa todavía hablaba cuando llegamos. Pensé que era buena señal, pero ahora creo que puede que estuviera en estado de shock.

–Es posible.

–Podías haber dicho que era una buena señal.

–Creo que era una buen señal –afirmó él sonriendo levemente.

–Demasiado tarde.

–No sé por qué iban a fingir delante de ti que no era grave. Más bien querrían que estuvieras preparada por si hubiera malas noticias.

–Tienes razón –Jules se relajó un poco y se sentó. Caleb lo hizo frente a ella.

–¿Sabes qué hacía con la pistola de clavos? –preguntó él.

–Me estaba enseñando cómo funcionaba. Noah se lo había enseñado antes. Y, de pronto, se disparó.

–¿Noah le enseño a usarla? –preguntó Caleb en tono enfadado.

–No es culpa de él.

–¿En qué estaba pensando? No quiero parecer machista, pero...

–Estás a punto de parecerlo –dijo ella poniéndose tensa.

–Supongo que sí. ¿Estás segura de que las dos podéis encargaros de llevar a cabo un proyecto de construcción?

–No lo estamos haciendo, solo ayudamos. Noah nos está enseñando muy bien lo que hay que hacer y cómo hacerlo.

–Pues no lo ha hecho tan bien con la pistola de clavos.

–¿Señorita Parker? –una enfermera los interrumpió.

Los dos se levantaron. La sonrisa de la enfermera era esperanzadora, pero tardó siglos en hablar.

–Su hermana ha salido del quirófano. Todo ha ido muy bien.

–Gracias –susurró Jules, tremendamente aliviada. Se dio cuenta de lo asustada que había estado.

–Estará en recuperación durante una hora y, después, dormirá toda la noche. No hace falta que se quede.

–¿Le quedará bien la mano?

–El cirujano cree que se recuperará por completo. Tendrá que mantenerla en reposo durante un par de semanas. El médico de cabecera le hará el seguimiento.

–Somos nuevas en la ciudad. No tenemos…

–Puede acudir al mío –intervino Caleb al tiempo que le ponía la mano a Jules en la espalda.

Ella lo miró con escepticismo. Era difícil encontrar un buen médico en Portland. La mayoría no aceptaba nuevos pacientes.

–La atenderá –dijo él con firmeza, como si adivinara las dudas de ella.

Jules recordó su fortuna y el poder que le confería. Su médico le haría cualquier favor que le pidiera. Estuvo tentada de rechazar la oferta, pero la salud de su hermana estaba en juego, por lo que no debía permitir que se interpusiera su orgullo.

–Gracias.

Caleb sonrió y su mano le apretó la espalda. Ella sintió su calor y la invadió una oleada de placer que no reprimió.

–¿Puedo ver a mi hermana? –preguntó a la enfermera.

–Dentro de una hora –la enfermera miró el reloj que colgaba de la pared. Era más de medianoche.

–Será mejor que vuelvas mañana. Tú también necesitas dormir. Te llevaré a casa –dijo él.

Ella iba a negarse, pero estaba cansada y Melissa se pasaría la noche durmiendo. Apretó las manos de la enfermera en señal de agradecimiento.

–Muchas gracias. Déselas también al cirujano de mi parte.

–Así lo haré.

La enfermera se fue y Jules se libró del contacto de la mano de Caleb mientras recorrían el pasillo.

–Puedo tomar un taxi –afirmó cuando llegaron al vestíbulo.

–Desde luego. Es totalmente lógico cuando yo voy a pasar por delante de tu casa de camino a la mía.

–No somos responsabilidad tuya.

–Nadie ha dicho que lo seáis –apuntó él empujando la puerta de salida.

–De todos modos, ¿por qué has venido?

–Para comprobar que Melissa estaba bien y porque sabía que necesitarías que alguien te llevara a casa.

–Apenas nos conoces.

Caleb le indicó un Lexus negro que estaba aparcado cerca de la puerta.

–Hace veinticuatro años que te conozco.

–Hace veinticuatro años que te caigo mal, que no es lo mismo.

–Nunca me has caído mal. Apenas te conocía.

–Pero ahora te caigo mal.

–Ahora estoy molesto contigo, que tampoco es lo mismo.

–Pero se le parece.

–Te esfuerzas en no caer bien –afirmó él sonriendo mientras le abría la puerta del coche.

–Porque no cedo y no te doy lo que deseas.

–En parte, sí –cerró la puerta y se dirigió al asiento del conductor.

–¿Y la otra parte? –preguntó ella mientras él arrancaba.

–No estás de acuerdo con nada de lo que digo.

—Con nada, no.

Él volvió a sonreír. A ella le gustaba su sonrisa, pero eso se tenía que acabar.

Él salió del aparcamiento y se dirigió a la carretera de la costa para volver a casa.

—Dime una sola cosa con la que estés de acuerdo conmigo.

—Te he dejado que me lleves a casa.

—He tenido que convencerte.

—Lo que demuestra que he cambiado de opinión —afirmó ella con expresión de triunfo—. Soy una persona razonable que cambia de opinión cuando se le presentan pruebas.

—En ese caso, voy a explicarte…

—Esta noche no, Caleb.

—No lo decía en serio.

De repente, Jules se sintió agotada y se dio cuenta de que se le había disparado la adrenalina desde el momento del accidente y que el alivio que había experimentado al saber que Melissa se recuperaría se había evaporado. Estaba exhausta.

—¿Tienes hambre? —preguntó él.

Estaba hambrienta, pero no quiso decírselo. Sería como mostrarle otro punto flaco.

—Yo me muero de hambre —añadió él—. ¿Te importa que paremos?

—Es tu coche y tú conduces. Haz lo que te parezca.

—¿He hecho algo que te haya molestado?

—No. Sí. Me gustaría que dejaras de mostrarte agradable. Me pones nerviosa.

Él soltó una carcajada y giró bruscamente a la izquierda para entrar en el aparcamiento de un local de comida rápida.

–¿Quieres una hamburguesa?

–Lo que vayas tú a pedir.

Caleb acercó el coche a la ventanilla y una joven le atendió con una sonrisa.

–¿Qué desean?

–Dos hamburguesas con queso, dos raciones de patatas fritas y dos batidos de chocolate.

La joven transmitió la comanda y Caleb le pagó.

–Vuelvo enseguida –dijo la joven.

–Comida rápida –comentó ella.

–Se me olvidaba que eres chef.

–No era una crítica.

–¿Ah, no?

–Si te vas a precipitar a sacar conclusiones, debieras aprender a interpretar mi entonación.

–Lo has dicho con sarcasmo.

–No es así. No tengo nada en contra de las hamburguesas ni de las patatas fritas. Son sabrosas. Puede que no lo suficientemente nutritivas como para recomendar que se coman todos los días, pero ahora mismo no estoy de humor para pensar en sus propiedades nutritivas.

El sonrió y los dos se quedaron callados.

–Gracias –dijo ella unos minutos después.

–De nada.

La joven volvió y entregó a Caleb la comanda y el cambio. Este dejó le pasó la comida a Jules antes de salir a la carretera y aparcar frente al mar.

–¿Te parece bien aquí?

–Muy bien –respondió ella. Se desabrochó el cinturón de seguridad y se recostó en el cómodo, asiento intentando liberarse de la tensión de las horas anteriores.

Caleb volvió a agarrar la bolsa de la comida y le dio la hamburguesa y las patatas. Ella se metió una en la boca. Estaba crujiente, salada y sabrosa.

–Mmm…

–Es sencillísimo complacerte –dijo él con una sonrisa.

–Tengo necesidades muy básicas –Jules agarró uno de los batidos y le dio un sorbo.

–Me sorprendes.

–Pues debería ser yo la sorprendida de que te gusten las hamburguesas.

–¿Por qué?

–Yo soy una chica corriente de Portland; tú, un millonario que vive en una mansión –desenvolvió la hamburguesa–. Así que, si alguien debiera mostrarse reacio a la comida rápida, ese eres tú.

–Suele añadirle una guarnición de caviar.

–Eso se parece más a lo que me imaginaba.

–Entonces, es posible que siga sorprendiéndote. Soy un tipo normal.

–Eres dueño de diecisiete restaurantes.

–Ya veo que has estado investigando.

–En efecto, y he llegado a la conclusión de que no necesitas el decimoctavo.

–¿De verdad quieres que discutamos de eso ahora?

No quería y no sabía por qué lo había menciona-do. Tal vez fuera porque se llevaban bien, lo cual la ponía nerviosa. Quería recordar lo que se interponía entre ellos. No deseaba que Caleb le cayera bien.

Cuando llegaron a la escalera que descendía hasta la casa de los Parker, Caleb se bajó del coche.

–¿Qué haces? –preguntó Jules con recelo mientras cerraba la puerta del vehículo.

–Acompañarte a la puerta –rodeó el coche hasta donde ella estaba.

–No seas tonto. Puedo bajar la escalera que lleva a mi casa yo sola. Lo he hecho miles de veces.

–Puede que sí, pero yo soy incapaz de dejar a una mujer a oscuras al borde de una escalera.

–¡Caleb! –era evidente que estaba enfadada.

–Déjalo, Jules. Voy a acompañarte hasta la puerta. Puede que mi padre no hiciera muchas cosas bien, pero me educó para ser un caballero.

–Esto es absurdo –afirmó ella, pero comenzó a bajar.

–Es posible, pero no hago mal a nadie. Tienes que aprender a luchar por lo que realmente merece la pena.

–Y tú a utilizar mejor tu energía.

Caleb la siguió, sonriendo.

Observó que los peldaños de madera cedían ligeramente bajo sus pies y que había musgo en los bordes.

–¿Cuántos años tienen estas escaleras?

–Ni idea.

Caleb movió la barandilla.

–Hay que cambiarla.

–Ahora mismo me pongo a ello.

–Lo digo en serio, Jules. Puede ser peligroso.

Aparte de que la madera podía ceder, estaba resbaladiza.

–No es asunto tuyo, Caleb. Y, ahora mismo, tengo otros problemas más acuciantes, como, por ejemplo, una hermana recién operada.

–Lo siento –dijo él mientras pensaba que debiera ir delante porque, de esa manera, si ella resbalaba, pararía la caída. Como medida de precaución, la agarró de la mano. Ella intentó soltarse.

–Elige por lo que debes luchar –le recordó él.

–Esto no es una cita.

–Eso espero –la idea era alarmante–. ¿Comida rápida y una visita al hospital? Hubiera sido la peor cita del mundo.

–Me refiero a este paseo hasta mi puerta agarrados de la mano. No te voy a besar al despedirme.

–Te he agarrado de la mano para que no te caigas.

–Por supuesto –dijo ella en tono sarcástico.

–Eres muy suspicaz.

–Y tú, muy calculador.

–No busco que me beses –aunque mentiría si fingía que no lo deseaba–. Pero, a título informativo, ¿qué se necesitaría para que lo hicieras? ¿En qué tipo de cita conseguiría un hombre que lo besases?

–No tiene nada que ver con la calidad de la cita. Por supuesto que tendría que haber sido buena; es decir, una en que me lo hubiera pasado bien. Tampoco tendría que haber sido cara. No me entusiasman los entornos lujosos ni los vinos caros –habían llegado al porche y ella se volvió–. Lo que importa es la calidad de la compañía.

Estaba muy hermosa a la luz de las estrellas.

–Me han dicho que soy un buen conversador –comentó él.

–Seguro que te lo han dicho y que han sido mujeres a las que le gustan los entornos lujosos y los vinos caros.

–Tienes una mala opinión de los miembros de tu sexo.

–No me refería a eso –aseguró ella con el ceño fruncido.

–Ya sé a lo que te referías. Crees que salgo con mujeres a las que les gusto por mi dinero.

–No exactamente.

–No me lo creo. No sabes cómo salir del jardín en qué te has metido.

–Dame un minuto

–Desde luego –Caleb esperó contemplando sus ojos azules, que brillaban y eran como una ventana para llegar a su alma.

–Esto no es justo. No estoy en mi mejor momento, porque estoy cansada.

–¿Quieres que te dé ventaja?

Ella reprimió una sonrisa.

–¿Sabes cuál es el problema? –preguntó él acariciándole suavemente la mejilla. Esperaba que ella se apartara, pero no lo hizo.

—¿Cuál? —preguntó ella con voz entrecortada.

—Que no sabes qué hacer conmigo.

Ella se mordió el labio inferior.

—Ojalá pudiera discutírtelo…

—Pero estás cansada —él acabó la frase por ella. Se fijó en sus labios. Ansiaba besarla. Le puso la otra mano en el hombro—. Jules…

—¿Sí?

—¿Quieres que te bese? —preguntó él con voz ronca.

—Sí —entonces pareció darse cuenta de lo que acababa de decir—. Quiero decir…

Ya era tarde para cambiar de respuesta. Caleb la había oído perfectamente.

El beso fue mejor de lo que recordaba, mejor de lo que se imaginaba. Los labios de ella eran suaves y estaban calientes. Tenían un sabor dulce. Y cuando él la tanteó con la lengua, ella le respondió de la misma manera al tiempo que echaba la cabeza hacia atrás y se apoyaba en él.

Su cuerpo era suave y cálido. La abrazó mientras seguían besándose. La excitación se apoderó de él y se imaginó sus cuerpos desnudos y enlazados en una cama.

¿Por qué no podía ser siempre así? ¿Por qué tenían que pelearse? Ella era inteligente y descarada; probablemente la mujer más interesante que conocía. Desde luego, era la que más lo excitaba.

Entonces, la realidad se abrió paso en su mente:

por supuesto que tenían que pelearse. Eso no cambiaría por mucho que deseara a Jules.

Sus intereses eran diametralmente opuestos. Era probable que él acabara haciéndole daño, pero no tenía elección. Y si iba a hacerle daño, no debiera estar besándola. Y de ningún modo podría acostarse con ella, teniendo en cuenta el secreto que aún no le había desvelado.

Se separó de ella. Jules se tambaleó, sorprendida.

—¿Qué…?

—Lo siento. Me he pasado de la raya.

Ella parecía haberse recuperado.

—Ah, de acuerdo.

—Es tarde y estás cansada.

—Pero me has perdido permiso.

—Y tú has estado a punto de cambiar de respuesta.

—Estaba sopesando los pros y los contras.

—Hay muchos contras.

—Y muchos pros —afirmó ella.

—No me des permiso, Jules.

—Pero…

—Mañana volveremos a pelearnos, te lo garantizo.

—Ahora no estamos peleándonos —ella sonrió.

—Buenas noches, Jules.

—¡Vaya! —exclamó ella en tono de incredulidad.

Caleb no podía explicárselo. Le pareció que le habían echado un cubo de agua helada.

—Pediré una cita con mi médico. Ya me dirás si Melissa necesita algo más.

Ella no respondió. Parpadeó confusa.

Caleb se obligó a marcharse y se alejó de la tentación antes de hacer algo que los dos tuvieran que lamentar.

Al día siguiente, Jules se esforzó en alejar de sus pensamientos el beso de Caleb. Recogió a Melissa en el hospital e intentó convencerla de que se quedara en casa. Pero ella insistió en acompañarla al Crab Shack.

Al entrar, Noah observó su mano vendada. Buscó con la mirada el lugar donde habían dejado la pistola de clavos. Después, miró a Melissa.

—¿Qué te dije?

—Que no tocara…

—¿Qué hiciste? —Noah se acercó a ella.

—Solo quería…

—¿Qué? —preguntó él en voz más dura de lo habitual.

—Me estaba enseñando cómo funcionaba —intervino Jules, sorprendida por la reacción de Noah.

—¿Me dejas hablar con tu hermana?

—Si vas a gritarle, no —respondió Jules.

—No estoy gritando.

—Ha pasado la noche en el hospital. Han tenido que operarla.

Noah volvió a centrar su atención en Melissa con expresión preocupada.

—¿Estás bien?

—Sí. He pasado la noche allí por la anestesia.

Él la agarró del antebrazo y se lo levantó para mirarle la mano desde distintos ángulos.

–No vuelvas a tocar ninguna herramienta. No quiero que utilices el martillo ni la sierra.

–Noah… –lo interrumpió Jules, ya que se estaba excediendo.

–¿Puedo pintar? –preguntó Melissa–. Me pondré una mascarilla.

–Necesitarías una armadura y un casco.

–Venga, no lo hago todo tan mal.

–Ya ves –contestó él mirándole la mano.

Jules se dio cuenta de que el tono de la conversación había cambiado. Noah ya no estaba enfadado, sino que parecía divertirse.

–No voy a hacer todo el trabajo yo sola. Me ocuparé de que Melissa no toque objetos afilados.

–Ni objetos pesados –dijo Noah.

–Pero tiene que ayudarme –apuntó Jules.

–Puedes pintar –dijo Noah a Melissa.

La voz de Caleb los interrumpió desde la puerta.

–¿La dejaste usar la pistola de clavos? –preguntó a Noah.

Los recuerdos de la noche anterior se agolparon en la mente de Jules.

–Quería ver cómo funcionaba. Le dije que no la tocara en mi ausencia.

–Fue culpa mía, Caleb –afirmó Melissa–, no de Noah.

–Pero fuiste tú la que resultó herida. ¿Cómo estás? ¿Cómo es que has venido?

–Ha insistido –dijo Jules. Lo que había sucedido

la noche anterior entre Caleb y ella había terminado. Debía olvidarlo. Aunque había pasado buena parte de la noche inquieta y decepcionada, Caleb tenía razón. Se hallaban enfrentados, y eso no iba a cambiar.

—Melissa va a sentarte —dijo Noah, que todavía la agarraba del brazo. La condujo al otro lado del restaurante.

Caleb se acercó a Jules.

—¿Podemos hablar?

—¿De qué?

Lo único que le faltaba era un repaso íntimo de la noche anterior. Él había tenido su oportunidad y la había desperdiciado, de lo cual ella se alegraría cuando la lógica y la razón volvieran a instalarse en su cerebro.

—De negocios —contestó él, lo cual la sorprendió.

—Claro —Jules hizo intención de seguir a Melissa.

—Solo tú —dijo él bajando la voz.

—¿Qué pasa, Caleb?

—No quiero alterarla.

—¿Pero no te importa alterarme a mí?

—Hay algo que debes saber.

—Muy bien. ¿Salimos a la terraza?

Salieron al sol de junio. La marea estaba alta y las olas batían la orilla.

—He hablado con mi abogado —dijo Caleb.

—No puedes demandarnos.

—¿Por qué iba a hacerlo?

–No lo sé. ¿A qué más se dedican los abogados?

–A defender a criminales.

–¿Has cometido un crimen?

–Claro que no.

–Entonces, ¿para qué necesitas un abogado?

–Es el abogado de la empresa. Ha estado mirando la medición de tu propiedad.

–No puedes quedarte con mis tierras, Caleb.

–No las quiero. Bueno, me quedaría con ellas, si no las quisieras. ¿Me las quieres vender?

–Y así no podría reformar el Crab Shack.

–Brillante deducción.

–No te des esos aires de superioridad.

–No lo hago. Intento decirte algo.

–Pues dímelo de una vez.

–Lo haré si te callas un momento.

Ella le demostró que lo haría apretando fuertemente los labios. Después, se cruzó de brazos y esperó.

Caleb respiró hondo.

–No es fácil decir lo que tengo que decirte.

–Es la impresión que me da.

–Creí que no ibas a hablar.

Ella volvió a apretar los labios.

–Tienes una servidumbre, un derecho de paso, en el camino de acceso al restaurante. Cruza por mis tierras –Caleb miró hacia la costa–. Si la revoco, nadie podrá llegar al Crab Shack.

Jules tardó uno segundos en asimilar lo que le había dicho. Cuando lo hizo, no lo aceptó. No tenía sentido.

–No –se limitó a decir. Caleb estaba mintiendo.

–Tardaría un rato en darte todos los detalles, pero es la verdad.

–Quiero saber los detalles.

–No es un farol –aseguró él mientras se sacaba un sobre del bolsillo y se lo entregaba.

–No puede ser cierto.

–Son mis tierras y puedo quitarte el derecho a cruzarlas. Aunque reconstruyeras el Crab Shack, nadie podría llegar hasta allí.

–No serás capaz de hacerlo –lo desafió ella mientras sentía que el suelo se movía bajo sus pies.

–No quiero hacerlo.

–No puede ser legal. Voy a contratar a un abogado.

–Como quieras. Pero preferiría que cooperáramos para conseguir que los dos restaurantes fueran un éxito –no parecía muy impresionado por la amenaza de ella.

–Crees que así vas a asustarme para que elimine la cláusula de no competencia –dijo ella intentando adoptar una expresión dura.

–No intento asustarte, sino apelar a tu buen juicio y a la lógica.

–¿Amenazándome?

–No es una amenaza –Caleb hizo una pausa para reelaborar su respuesta. Sabía tan bien como ella que, en efecto, era una amenaza–. Suprime esa cláusula y yo mantendré la servidumbre. Saldremos ganando ambos.

–¿Ambos? –él, desde luego, pero ella no.

–Quiero ayudarte.

–No es verdad –estaba segura.

–Me caes bien, Jules. Anoche…

–No estamos hablando de anoche –Jules no iba a dejarle utilizar su enorme falta de juicio en su contra.

–Anoche sabía lo del derecho de servidumbre. No podía dejar que las cosas fueran más lejos entre nosotros antes de habértelo contado.

–Y qué, ¿quieres un premio?

–Lo que quiero es que sepas por qué me detuve.

A pesar de lo furiosa que estaba, Jules reconoció que había hecho algo honorable. Pero no podía agradecérselo, porque quería arruinar su sueño por todos los medios posibles. Y eso era de todo, menos honorable.

Capítulo Cuatro

Caleb se obligó a mantenerse alejado de Jules unos días para dejarle tiempo para reflexionar. Aunque ansiaba saber su respuesta, que creía que sería un acuerdo de colaboración, no quería presionarla.

El jueves a última hora de la tarde se presentó sin haberse anunciado en la puerta de su casa. Había luz y se oía una canción por las ventanas abiertas.

Llamó y esperó. A pesar de la animosidad de ella, la había echado mucho de menos y se moría de ganas de verla.

Pero fue Melissa la que abrió. Se sobresaltó al verlo. Llevaba una blusa morada y vaqueros ajustados. Se había recogido el cabello en una cola de caballo. Estaba recién maquillada.

–¿Interrumpo? ¿Tienes una cita con alguien?

–No –contestó ella, pero su mirada se dirigió a la escalera que se hallaba detrás de Caleb.

–¿Cómo va la mano? –si Jules le había contado lo del derecho de paso, lo lógico era que estuviera enfadada. Pero no lo parecía. Más bien estaba inquieta.

–Mejora deprisa –Melissa la levantó para mostrársela–. No me molesta mucho. El médico me ha dicho que apunté bien. Unos centímetro más en cualquier otra dirección y me habría hecho daño de verdad.

–Me alegro de que no fuera así.

–Yo también –ella bajó la mano.

–¿Puedo hablar con Jules?

–No está.

La respuesta lo pilló desprevenido.

–¿Quieres algo más?

A Caleb se le ocurrió una idea. No había considerado las ventajas de explicarle la situación directamente a Melissa antes que a Jules. Era evidente que era la más razonable de las dos. Tal vez se hubiera equivocado de hermana.

–Quizá puedas ayudarme. ¿Me concedes unos minutos?

Ella titubeó y volvió a mirar la escalera.

–Claro –Melissa abrió la puerta del todo y se apartó para dejarlo pasar.

Aunque los Parker habían sido vecinos suyos toda la vida, debido a la enemistad entre ambas familias, Caleb nunca había estado en aquella casa. Consistía básicamente en una cocina, con armarios de vieja madera y paredes de color verde claro. Tres ventanas seguidas daban a la bahía. En un rincón había un sofá descolorido y un sillón frente a una chimenea de piedra.

–¿Quieres un té helado? –preguntó Melissa bajando la música.

–Sí, gracias –Caleb se sentó.

Ella echó hielo en dos vasos y sacó una jarra de té de la nevera.

–Supongo que Jules no te ha hablado del derecho de servidumbre.

–Me lo ha dicho –contestó ella mientras servía el té.

–¿Ah, sí?

–¿Esperabas que estuviera enfadada contigo?

–Sí. No. Aparentemente, es un obstáculo para vosotras.

–¿Aparentemente? –Melissa se acercó a la mesa y le tendió un vaso antes de sentarse en otra silla–. Yo más bien diría que totalmente.

Pero seguía sin parecer enfadada, por lo que Caleb se preguntó si, entre las dos, no habrían elaborado una estrategia para enfrentarse a él.

–Jules no me ha respondido todavía.

–Ella dice que sí te dio una respuesta.

–Puede que en un momento de enojo. Pero no creí que fuera definitiva.

–¿Esperas que haya cambiado de opinión? –preguntó ella en tono agradable, no acusador.

–Pensé que reflexionaría sobre ello, que tendría en cuenta las consecuencias.

–Te aseguro que lo ha hecho –apuntó ella riéndose.

–¿Y?

–Y ha llamado a nuestro padre. Y, después, ha llamado a un abogado.

–¿Y qué le han dicho?

Melissa hizo una mueca.

–No voy a repetirte lo que dijo mi padre.

Caleb se lo imaginaba.

–Nunca le he caído bien.

–Eso es quedarse corto.

–¿Qué le ha dicho el abogado?

–En resumen, que tanto tú como nosotras podemos ir a juicio. Y que se tardará mucho en dirimir quién tiene razón, además de ser costoso.

–Eso no es beneficioso.

–Para ti.

–Ni para vosotras.

Ella dio un sorbo de té y volvió a dejar el vaso en la mesa.

–Te equivocas. Será beneficioso si ganamos.

–Pero no lo haréis.

–¿Qué es lo que quieres, Caleb? –preguntó ella mirándolo a los ojos.

–Que seamos amigos. De verdad que no quiero destruir el Crab Shack.

Ella sonrió con indulgencia al tiempo que ponía los ojos en blanco.

–Perdóname, pero me cuesta creer cualquiera de esas dos cosas.

–Quiero que trabajemos juntos.

–Mi padre nos previno contra ti.

Caleb no supo qué contestarle, ya que Roland Parker tenía buenas razones para desconfiar de los Watford. Dio un trago de té antes de responder.

–Lo único que te puedo decir es que yo no soy como mi padre. Y me da la impresión de que tú no eres como tu hermana.

Ella lo miró con recelo.

–Creo que ves las ventajas de que colaboremos

–añadió Caleb–. Tengo la impresión de que eres una persona muy racional y que te das cuenta de las desventajas de que nos peleemos. Nos perjudicaría a los dos y nos costaría una fortuna. Y, con independencia de quién ganase, acabaríamos más débiles y pobres.

Melissa tardó uno segundos en contestar.

–El «divide y vencerás» no te va a servir en este caso.

Caleb no iba a reconocer que esa era su estrategia.

–No quiero vencer. Pero ya he invertido un millón de dólares en el proyecto.

–Así que tienes mucho que perder.

–En efecto.

–Lo cual es una razón añadida para que no nos fiemos de ti.

–Lo entiendo. Dime qué puedo hacer.

En ese momento llamaron a la puerta. Melissa pegó un brinco en la silla y volvió la cabeza.

–¿Esperas a alguien?

–No –contestó ella poniéndose colorada–. Puede que sí.

Volvieron a llamar.

–¿Quieres que abra yo? –preguntó Caleb al fijarse en lo ansiosa que estaba.

–¿Melissa? –era la voz de Noah.

–¿Qué hace aquí? –Caleb se había enterado de algunas cosas preocupantes sobre Noah ese día que pensaba contar a las hermanas.

Melissa fue a levantarse, pero él se le adelantó.

–Tengo que decirle una cosa.

Antes de que ella le respondiera, Caleb abrió la puerta.

Noah se quedó desconcertado al verlo.

–Sí, aquí estoy –dijo Caleb–. Y tú, ¿a qué has venido?

–Por negocios.

–Me refiero a qué has venido a Whiskey Bay. ¿Llevas mucho tiempo por aquí?

–Es evidente que sabes que no.

–No me ha resultado difícil averiguarlo.

–No lo he ocultado.

–¿Caleb? –Melissa lo llamó.

–Un momento –Caleb se había enterado de que Noah acababa de salir de la cárcel–. ¿Qué hiciste para acabar en prisión?

–Maté a un hombre.

A Caleb se le aflojó la mandíbula.

–¿Intencionadamente? –fue lo primero que a Caleb se le ocurrió preguntarle.

–No.

–¿Y esperas que te deje acercarte a Jules y a Melissa?

–Eso no tiene nada que ver contigo –contestó Noah mirándole a los ojos. No parecía estar dispuesto a mentir ni a disculparse.

Su actitud hizo reflexionar a Caleb, ya que había muchas formas de matar a alguien accidentalmente. Noah había pasado dos años menos un día en prisión. Le habían dado la libertad condicional por buena conducta.

64

–¿Vamos a tener un problema? –preguntó Noah en voz baja.

–¿Fue un accidente de coche?

–No

–¿Fue con un arma?

–No –respondió Noah cerrando los puños.

–¿Qué te hizo esa persona?

–Algo imperdonable.

Caleb se conformó con esa vaga explicación. No había motivo para echar a la calle a Noah, lo cual significaba que el tiempo que podía dedicarle Melissa se había acabado y que no había hecho progreso alguno.

Era tarde. Jules pulsó el timbre de la puerta de la mansión de Caleb hasta que este la abrió.

–No me imaginaba que pudieras caer tan bajo –Jules no espero a que la invitara a entrar, sino que lo hizo sola–. Melissa acaba de salir de una operación.

–De eso hace cinco días.

–¿Es esa tu excusa?

–¿Mi excusa para qué?

–Para presionarla –Jules tuvo que hacer un esfuerzo para no prestar atención a la magnificencia que la rodeaba. La casa de Caleb parecía salida de una revista.

–No la he presionado –respondió él cruzándose de brazos.

–Intentaste que cambiara de opinión.

–No.

–¿Vas a mentirme? –preguntó ella con expresión de incredulidad.

–Intenté que te hiciera cambiar de opinión –su respuesta la desconcertó momentáneamente–. No es un secreto que he tratado de convencerte de que colaboremos.

–Tiene dolores.

–Me dijo que estaba bien.

–Pues no lo está. Te has aprovechado de una mujer herida para conseguir lo que te propones.

–Dicho así, suena espeluznante.

–No vuelvas a hablar con ella. Si quieres pelearte, hazlo conmigo.

–Lo intenté, pero no estabas en casa. ¿Te ha hablado Melissa de Noah?

–No cambies de tema.

–Lo digo en serio. ¿Te ha dicho que se pasó por vuestra casa?

–Sí –mintió ella. Era la primera noticia que tenía, pero no quería que Caleb se diera cuenta de que su hermana le ocultaba cosas.

–¿Quieres algo de beber?

–No. No he venido a tomar algo contigo.

–Muy bien, ¿quieres pasar? –Caleb le indicó el salón–. ¿O prefieres que nos peleemos en el vestíbulo?

A pesar de sí misma, Jules quería ver el resto de la casa, sobre todo las vistas, la cocina y las habitaciones del piso superior. Miró hacia allí durante unos segundos.

–Puedo enseñarte la casa.

–No hace falta.

–Supongo que tienes algo más que decir.

–Yo siempre tengo algo más que decir.

–Ya me he dado cuenta –afirmó él sonriendo.

–No tiene gracia.

–No vas a decirme también lo que tiene gracia y lo que no. ¿Nos sentamos, al menos?

Ella asintió y echó a andar por el pasillo, esforzándose en no dejarse impresionar por lo que la rodeaba. Los muebles eran preciosos, y parecían cómodos; los objetos artísticos tenían clase; el techo del salón era inmensamente alto.

–Hola, Jules –dijo una voz masculina. Ella estuvo a punto de tropezar con el sofá–. Soy Matt –dijo este levantándose de un sillón–. Caleb me ha dicho que tu hermana ha tenido un accidente.

Jules se había quedado sin habla. ¿Aquel hombre había oído su conversación con Caleb?

–¿Estás segura de que no quieres tomar nada? –le preguntó Caleb, que había entrado detrás de ella–. Nosotros estamos tomando cerveza, pero puedo abrir una botella de vino.

Ella se volvió y lo fulminó con la mirada.

–¿Tienes compañía?

–Matt es mi vecino. Es el dueño de la casa que hay encima del puerto deportivo.

–Podías habérmelo dicho.

–Apenas he podido meter baza en la conversación.

–No os preocupéis por mí –dijo Matt.

–No sabías que estuvieras aquí –comentó ella, claramente molesta.

–No le has dicho nada de lo que tengas que avergonzarte –apuntó Matt–. De hecho, estoy de tu lado. Caleb no debiera haberse aprovechado de tu hermana en un momento de debilidad.

–No lo he hecho –protestó Caleb–. Y no se halla en un momento de debilidad. Ella misma me dijo que se encontraba bien.

–Probablemente por la acción de los calmantes. Solo cree que está bien –comentó Matt.

–Cállate –le ordenó Caleb.

–¿Lo ves? Hasta Matt está de acuerdo conmigo. Encantada de conocerte, Matt.

–¿Quieres una cerveza? –preguntó este.

–Sí.

–¿A él se la aceptas? –preguntó Caleb.

–Soy mucho más atractivo que tú –Matt cruzó la habitación–. Gusto a las mujeres.

–¿Llevas un mes divorciado y ya eres un regalo para las mujeres?

–¿Qué quieres que te diga? –Matt abrió los brazos.

–Es muy agradable –afirmó Jules.

–Por no hablar de lo guapo que soy –Matt había llegado al bar que había en un rincón y se inclinó para abrir una nevera oculta.

–Es muy guapo –afirmó Jules–. Y seguro que no pretende destruir a ninguna de las mujeres que haya en su vida.

–En eso tiene razón –le dijo Matt a Caleb.

–Me alegro de saberlo –Jules metió la mano en el bolso–. ¿Puedes firmarme estos papeles para garantizarme el derecho de paso por tu propiedad?

–Melissa me ha dicho que has ido a ver a un abogado.

–Así es.

Caleb se acercó a una mesita y tomó un sobre.

–Yo también. ¿Puedes firmar estos papeles para eliminar la cláusula de no competencia?

–¿De verdad que ya tienes esos papeles preparados? –le preguntó Jules. Él no respondió–. Porque lo que te he dicho yo no es verdad –no tenía ningún papel en el bolso.

–Esto –dijo Caleb levantando el sobre– es una donación al nuevo hospital.

Matt se echó a reír mientras abría la cerveza.

–No puedes ganar –dijo Caleb.

–Tú tampoco.

–Por eso deberíamos llegar a un acuerdo.

–No quieres que lleguemos a un acuerdo, sino que yo desaparezca.

–No es cierto –Caleb dejó el sobre y se acercó a un sillón–. ¿Por qué no te sientas?

Matt llegó y le dio la cerveza a Jules. Ella se sentó en el sofá. Si esperaba hacer entrar en razón a Caleb, tendría que hablar con él. Caleb se sentó a su lado.

–Caleb no es mala persona –comentó Matt.

–Claro que lo es. Desciende de una larga línea de malas personas que no soportan a los Parker.

–No tengo nada contra tu familia –aseguró Caleb.

–Entonces, no me prives del derecho de paso.

–Pareces un disco rayado.

–Solo quiero una cosa.

–Estoy de acuerdo –Caleb levantó el vaso de cerveza que se hallaba en una mesita cercana–. Pero no es quitarte el derecho de paso, sino que el Crab Shack sea un éxito.

–Pero, para que lo sea, los clientes tiene que poder llegar al aparcamiento.

–Te daré el derecho de paso.

–Gracias.

–En cuanto elimines la cláusula de no competencia.

–Y así garantizaré la ruina del Crab Shack. ¿Crees que me he vuelto estúpida en los tres últimos días?

–Esperaba que hubieras entrado en razón. No puedes hacer otra cosa.

–Puedo llevarte a juicio.

–Mis abogados son cien veces mejores que el tuyo.

–¡Vaya! –exclamó Matt.

Caleb lo fulminó con la mirada.

–Ha llegado el momento de marcharme –dijo Matt acabándose la cerveza.

–Creí que estabas de mi lado –dijo Jules.

–Deberías hacerle caso –contestó Matt.

Jules pensó que no debería sentirse decepcionada. No había posibilidad alguna de que Matt fuera a apoyarla frente a su amigo. Pero le había caído bien.

—Hasta luego –dijo Caleb a Matt.

Este asintió con la cabeza antes de salir del salón.

—Nos hemos quedado solos –comentó Jules.

—Solos tú y yo.

Caleb decidió que tenía que cambiar de estrategia con Jules. Llevaban días dándole vueltas a lo mismo, y era evidente que iban a acabar yendo a juicio.

No quería llegar a eso. Jules sería la más perjudicada en una demanda judicial. A él le retrasaría y le haría perder dinero, pero ella lo perdería todo. Y parecía que ella también se había dado cuenta, a juzgar por la expresión de desánimo de su rostro.

De todos modos, estaba preciosa. Y, a pesar de las circunstancias, a Caleb le hacía ilusión que estuviera en su casa. La hacía revivir.

—¿Te ha dicho Melissa lo que le ha contado Noah? –se sentía obligado a comunicarle lo referente al pasado de Noah.

—No exactamente. Sé que tiene una idea para… –Jules pareció cambiar de idea y apretó los labios.

—No voy a robarte los planos del restaurante, Jules.

—Quieres que se queden en el papel.

—No tiene que ser así –Caleb se levantó–. Incluso Melissa entiende mi postura.

—¿Es lo que te ha dicho? ¿Qué te ha dicho exactamente? ¿Qué ha pasado entre vosotros?

–Nada. Se presentó Noah.

–Y su llegada, ¿qué interrumpió? –Jules no podía creerse que le estuviera preguntando lo que le estaba preguntando.

–Mi intento de razonar con ella –Caleb no tenía interés alguno por Melissa. Estaba loco por Jules.

–¿Razonar con ella? ¿Es eso un eufemismo para flirtear? –preguntó ella elevando la voz. Antes de que él pudiera contestarle, se levantó–. ¿Es eso lo que planeas? ¿Poner a mi hermana en mi contra?

Caleb iba a negarlo, pero se dio cuenta de que podía atacar desde otro ángulo: Jules haría lo que fuera por proteger a su hermana.

–¿Y si así fuera?

–Serías un completo estúpido.

–Creo que eso ya lo piensas de mí.

–Voy a decirle lo que pretendes. Y eso te hará callar.

–¿Seguro? Los dos sabemos que Melissa quiere confiar en mí. Desea hallar una solución. Y es una mujer muy hermosa.

–No me creo que estés dispuesto a caer tan bajo.

–Lo estoy –mintió él–. Hay mucho dinero en juego.

–Aléjate de mi hermana –Jules estaba sofocada y sus ojos centelleaban de ira.

Caleb reprimió el sentimiento de culpa que experimentaba. Aquella mentira era por el bien de ella.

–Si tan importante es eso, te propongo un trato.

–No voy a eliminar la cláusula de no competencia.

–Ese no es el trato –dijo él mientras se le acercaba más. Deseaba abrazarla y disculparse por haberla hecho enfadar. Claro que su hermana no le interesaba. Y nunca la utilizaría en su contra. Para él solo existía Jules.

Estaba desesperado por volver a besarla. Se hallaban solos en la casa. Todas las cartas estaban sobre la mesa y no había nada que les impidiera hacer lo que quisieran.

–¿Cuál es el trato, Caleb?

–Que salgas conmigo –contestó él con una sonrisa.

Ella se quedó sin habla unos segundos.

–¿Para qué?

–No es asunto tuyo. Solo una cita contigo y dejaré en paz a Melissa.

–¿Qué estas tramando?

–Que veas las cosas como las veo yo.

–No hace falta que salgamos juntos para discutir conmigo.

–O lo tomas o lo dejas e intento otra cosa.

–¿Solo una vez?

–Solo una.

Ella adoptó la expresión de estar tomando una decisión dolorosa, lo cual hirió el orgullo de Caleb.

–De acuerdo –dijo en voz baja y sin parecer muy convencida.

–Tu entusiasmo es de lo más gratificante.

–Ambos sabemos que, prácticamente, me estás sobornando.

–Y ambos sabemos lo que sucede cuando te

beso –afirmó él avanzando hacia ella, que le puso la mano en el pecho para detenerlo. La calidez de su mano le traspasó la camisa. Cerró los ojos para sentirla mejor.

–Ya basta –dijo ella.

–Me gusta que me toques.

–Te estoy parando, lo cual no es lo mismo que tocarte.

–¿Sabes lo hermosa que estás? –preguntó él al tiempo que abría los ojos.

–¿Cuándo?

–Siempre.

–¿Cuándo quedamos?

–¿No sientes nada? –a Caleb le costaba creer que fuese solo él quien se sentía atraído por ella.

–No –respondió ella después de tragar saliva.

Mentía, pensó él. Apostaría lo que fuera a que mentía, lo cual implicaba que había esperanza. La cita podía resultar interesante.

–El viernes por la noche –dijo él.

–Muy bien –Jules bajó la mano y dio un paso atrás.

Caleb ya la echaba de menos.

Capítulo Cinco

Melissa dejó bruscamente de lijar un viejo taburete con la mano sana y se enderezó para mirar a Jules, que se hallaba al otro lado del Crab Shack.

—Hay una cosa que no entiendo.

—¿El qué?

—Que Caleb te haya pedido una cita. Me he informado sobre él en Google, y no te imaginas a las mujeres con las que sale.

—Muchas gracias —Jules fingió que estaba ofendida.

—No seas tonta. No te he insultado. ¿Por qué tú?

—Pues a mí me parece un insulto —Jules empujó una mesa hacia el centro del restaurante para dejar sitio para que Noah trabajara ese día en la instalación eléctrica.

—Hay algo que no me has dicho —insistió Melissa.

Su hermana era muy astuta, pero Jules no tenía intención de decirle que Caleb había pensado primero en ella, porque parecería que no confiaba en Melissa, lo cual no era cierto.

Era en Caleb en quien no confiaba. Actuaba de forma solapada. Melissa quería hallar una solución amistosa, lo cual la hacía vulnerable a su falsa afir mación de que ambos restaurantes podían tener éxito.

–Muy bien. Tal vez haya sido porque lo he besado.

–¿Qué?

–Bueno, fue él quien me besó, para ser exactos. Yo me limité… –Jules no supo cómo acabar la frase.

–¿Dónde? ¿Cuándo? ¿Por qué no me lo habías dicho?

–Porque no tuvo importancia. El día en que estábamos quitando las fotos y tú saliste con Noah, Caleb me besó. Y yo le devolví el beso, más o menos. Me da vergüenza confesarlo, pero es muy guapo. Y supongo que tenía la impresión de que me atraía. Y, bueno, puede que él crea que, si sale conmigo y caigo rendida a sus pies, me hará cambiar de idea sobre la cláusula de no competencia. Eso es lo único que quiere.

Melissa había escuchado la explicación con los ojos como platos.

–Tú también lo besaste.

–Un poco.

–Entiendo que lo besaras –dijo Melissa volviendo a lijar–. Es un hombre guapo y encantador. Pero ¿por qué has accedido a salir con él? ¿Qué vas a ganar con eso? A no ser que estés verdaderamente interesada en…

–¡No! –la interrumpió Jules a toda prisa–. Él no me interesa.

–Acabas de reconocer que es muy atractivo.

–Sí, de acuerdo, es un hecho objetivo. Tendría que estar muerta para no darme cuenta. Noah también lo es.

Melissa enarcó las cejas y abrió la boca para contestar, pero su hermana se le adelantó.

–Hay muchos hombres atractivos en el mundo –prosiguió Jules elevando la voz–, lo que no significa que me sienta atraída por ellos de manera automática. Con respecto a Caleb, tengo una misión y la voy a llevar a cabo a través de una falsa cita. Creo que podré utilizarla en beneficio nuestro. Y punto.

–Jules, está detrás de ti.

–¿Quién?

–Caleb.

Jules sintió que las mejillas le ardían. Se volvió hacia la puerta.

–Hola, Caleb.

–Hola, Jules.

Se hizo un pesado silencio.

Cuando ella no lo pudo seguir soportando, dijo:

–Le estaba contando a Melissa lo de nuestra cita.

–Ya lo he oído.

–¿Querías algo? –preguntó ella mientras comenzaba a apartar otra mesa, a lo cual él la ayudó inmediatamente.

–Sí. Quería decirte algo.

Jules pensó que Melissa se estaría preguntando por qué Caleb no había reaccionado ante su arrebato. Ella no lo entendía, así que lo dejó pasar.

–¿El qué?

–¿Queréis que os deje solos? –preguntó Melissa.

–Tú también tienes que oírlo –dijo él–. ¿Qué estamos haciendo? –preguntó a Jules indicando la mesa con la cabeza.

–Agrupar las mesas en el centro porque Noah va a trabajar hoy en la instalación eléctrica.

–¿Está aquí?

–No, ha ido a la ferretería –dijo Melissa.

–Muy bien.

–A Jules no le interesa Noah –añadió Melissa.

Caleb y Jules se volvieron a mirarla.

–Aunque le parece atractivo, no quiere salir con él.

–No hace falta que le des explicaciones –comentó Jules.

–Jules y yo hemos llegado a un acuerdo –dijo Caleb en tono divertido. Le pasó a Jules el brazo por los hombros.

–No está convencida de que lo nuestro sea una buena idea, pero está dispuesta a darme una oportunidad.

Jules intentó zafarse de su brazo y, después, intentó que no le gustara su contacto.

–Y yo soy optimista –añadió Caleb antes de que Jules se apartara de él–. Acerca de Noah… Me he enterado de algo que creo que debéis saber.

–¿Te refieres a sus antecedentes penales? –preguntó Melissa.

–¿Noah tiene antecedentes penales? –Jules no pudo reprimir la sorpresa.

–No es nada serio.

–¿Qué te ha contado? –preguntó Caleb.

—Que se peleó.

—¿Hirió a alguien? –preguntó Jules.

—¿Lo sabías y no se lo has contado a Jules? –preguntó Caleb.

—No era grave. Me lo contó cuando solicitó que lo contratáramos.

—¿Asaltó a alguien? ¿Lo juzgaron? ¿Ha estado en la cárcel?

—¿Que no fue grave? –preguntó Caleb a Melissa en tono desafiante. Después, se volvió hacia Jules–. El otro tipo murió y Noah fue a la cárcel.

—¿Es un asesino? –preguntó Jules con un nudo en el estómago.

—Fue en defensa propia –aseguró Melissa–. Y un accidente. He leído los artículos de prensa.

Jules no sabía cómo reaccionar. Estaba segura de que su hermana creía que Noah era inofensivo. Pero Melissa siempre veía lo mejor de las personas. Y, con independencia de lo que hubiera sucedido, Noah había matado a un hombre.

—Deberías habérmelo contado.

—Lo sé –afirmó Melissa con aire contrito–. Pero ya sabes cómo eres.

—¿Cómo soy? –preguntó Jules sin entender.

—No te fías de nadie.

—Y tú, de todo el mundo. No fiarse de un asesino es de sentido común.

—No es un asesino, sino un tipo decente que se vio inmerso en una desagradable situación. Se merece una segunda oportunidad. Además, cobra la mitad que los demás.

–Porque es un asesino convicto –concluyó Jules.

–No os preocupéis. Me voy –dijo Noah desde la entrada.

A Jules se le cayó el alma a los pies; al tenerlo delante, le resultaba increíble que fuera peligroso. Llevaba días trabajando con él, y siempre se había mostrado respetuoso y amable.

–Lo siento.

–Soy yo quien lo siente –dijo él–. No sabía que Melissa no te lo hubiera contado.

–Porque no importa –observó Melissa.

–Sí importa –la contradijo Noah–. Ya os he dicho que me voy.

–Te necesitamos –Melissa se precipitó hacia él y lo agarró del brazo. Noah la miró. Su emoción era evidente, como también lo era que Melissa le gustaba mucho.

–Quédate –dijo Jules. Si fue un accidente, Melissa tiene razón: es agua pasada y te mereces una segunda oportunidad.

Noah vaciló.

–De verdad que te necesitamos –añadió Jules–. No tenemos mucho dinero y han surgido inesperadas complicaciones –miró a Caleb.

–Por favor, quédate –rogó Melissa.

–Muy bien.

–Gracias –Melissa soltó un suspiro.

–Gracias a ti –dijo él al tiempo que ponía sus manos sobre las de ella.

–¿Estás segura? –preguntó Caleb a Jules en voz baja–. No quiero que corras ningún riesgo.

–Es gracioso, porque me parece que el mayor riesgo lo corro contigo, no con él.

Caleb no contestó. Parecía que le daba igual que fuera verdad. Jules se recordó que lo era. Era un peligro porque solo se preocupaba de sus intereses. Debía recordarlo.

Jules se hallaba frente al espejo del dormitorio que compartía con su hermana.

–Es una estupidez que Caleb no me haya dicho dónde vamos –le dijo a Melissa, que estaba tumbada en una de las dos camas.

–A mí me parece romántico, aunque sigo pensando que todo este asunto de la cita es extraño.

–Extraño o no, algo tengo que ponerme –Jules se volvió hacia un lado y hacia otro con sus zapatos de tacón. El corto vestido negro era su preferido.

–¿Quieres que cambie de idea sobre el derecho de paso o que se desnude?

–Que cambie de opinión –Jules hizo una mueca a su hermana, pero sacudió la cabeza para suprimir la imagen de Caleb desnudo.

–¿Crees que te llevará a una discoteca?

Jules no tenía ni idea.

–La vez anterior me llevó a una hamburguesería, aunque no era una cita. ¿Y si me pongo pantalones? Tengo vaqueros ajustados y ese jersey adornado con cuero.

–Te vas al otro extremo –dijo Melissa levantándose de la cama. Se dirigió a la cómoda y la abrió.

Jules se quitó los zapatos y el vestido y lo colgó en el armario.

–¿Qué te parecen estos? –Melissa sacó unos pantalones negros estrechos–. Con tu botas negras y mi blusa de seda rosa. Puedes ponerte un collar dorado y unos pendientes grandes.

–Tu ropa es mejor que la mía –comentó Jules mientras se ponía los pantalones.

–Me pasé años poniéndome lo que a ti se te había quedado pequeño. Me merezco tener algunas prendas bonitas.

–Creo que, simplemente, tienes mejor gusto que yo –se puso la blusa.

–Te queda de maravilla –dijo Melissa.

–Creo que esto valdrá. Y las botas son cómodas.

–¿Crees que esto de la cita es buena idea?

–La mejor que he tenido.

Por confusa que la táctica pareciera, Jules tenía que seguir la corriente a Caleb para evitar que se fijara en Melissa.

–Estás hecha un lío –afirmó su hermana–. En el fondo, quieres ir a la cita, porque esa no es la mejor forma de hacer cambiar de idea a Caleb.

–Deja de preocuparte. Lo voy a intentar. Ahora nos lleva ventaja. Por muchos faroles que nos tiremos, no tenemos mucho dinero para pagar a un abogado. Tenemos que apelar a su decencia.

–¿Crees que es un hombre decente?

–No lo sé, pero voy a averiguarlo.

Melissa le puso la mano en el hombro y sus miradas se encontraron en el espejo.

–Eres mi hermana mayor y respeto tu opinión. Pero no es necesario que hagas esto.

–Y tú eres mi hermana pequeña y también respeto tu opinión, pero sé perfectamente lo que hago –Jules consiguió sonreír con despreocupación–. Es una cita: no voy a torear ni a tirarme desde un trampolín. ¿Qué es lo peor que me puede pasar?

–Podrías volver embarazada, jovencita –dijo Melissa imitando la voz de su padre.

–Pues creo –comento su hermana sonriendo– que papá preferiría que me quedara embarazada a que volviéramos a abrir el Crab Shack.

–¿Y si Caleb fuera el padre?

–¡Uf! –su padre detestaba a los Watford, y su odio se había ido intensificando con los años.

–Menos mal que te has quitado el vestido negro, tan sexy. Acuérdate de ponerte el collar y los pendientes.

Llamaron a la puerta principal.

–Es puntual –dijo Melissa.

Jules sintió un cosquilleo en el estómago. Se dijo que no era emoción, sino ansiedad.

–Voy a decirle que tardarás unos minutos.

Cuando Melissa hubo salido, Jules sacó del joyero unos largos pendientes y un collar de varias vueltas que iba a juego con ellos. Se recogió el cabello en un moño alto. Oyó la voz de Caleb en el piso de abajo.

Estaba lista. Se miró por última vez al espejo y salió.

Caleb dejó de hablar de repente y la observó mientras bajaba por la escalera. Puso cara de preocupación.

–¿Me he equivocado con la ropa?

–No, no te has equivocado.

–Menos mal –observó ella, algo más relajada.

–¿Dónde la vas a llevar? –preguntó Melissa.

–¿Quieres que estropee la sorpresa? –preguntó él.

–¿A qué viene tanto secreto?

–Ella ya lo verá.

Caleb llevaba pantalones vaqueros, una camisa de rayas azules y una americana gris.

–Muy bien. ¿Vamos? –preguntó ella agarrando el bolso.

–Buena suerte –dijo Melissa.

–¿Cómo? –preguntó Caleb.

–Me desea suerte para que te haga cambiar de opinión –explicó Jules cuando salieron al porche.

–Ah, no pensaba en eso.

–Mejor, porque así te llevo ventaja.

–Pensaba en que nos lo tenemos que pasar muy bien.

Subieron la escalera y él le abrió la puerta de su todoterreno.

–Puedes dejar de actuar –dijo ella mientras se montaba–. Esto no es una cita de verdad.

–Claro que lo es –afirmó él cerrando la puerta.

–Oye, Caleb –dijo ella cuando este se hubo sentado al volante–, no sé que expectativas tienes con respecto a esta noche.

–Espero que cenemos y que charlemos de cosas interesantes.

–¿Y si te aburro?

–No podrías aburrirme aunque quisieras –dijo él yendo marcha atrás por el sendero de gravilla.

–Por supuesto que podría.

–¿Cómo?

–Podría hablarte de la Bolsa.

–¿Sabes algo de ella?

–Es la especialidad de Melissa. La mía es la cocina.

–¿Dónde estudiaste?

–En el Instituto Culinario de Oregón.

–¿Te gustó?

–Deja de intentar que mantengamos una conversación interesante.

–¿Tuviste que redactar una tesis para ser chef?

–No. Tuve que hacer trabajos, pero no una tesis. Los exámenes consistían en crear platos y cocinarlos. Una vez preparé un atún con especias y ají, y el examinador acabó llorando.

–¿De alegría o porque te habías pasado con las especias?

–Me puso muy buena nota. ¿Adónde vamos? –habían salido de la autopista y se dirigían tierra adentro.

–Sorpresa.

–¿No vamos a Olympia?

–¿No te digo que es una sorpresa?

Ella buscó con la mirada un cartel indicador. Apareció uno.

–¿Vamos al aeropuerto? ¿Qué hay al otro lado?

–Poca cosa.

–Entonces, ¿adónde vamos?

–Al aeropuerto.

–Es el aeropuerto de la comunidad. Ni siquiera salen vuelos de allí –Jules desechó, de momento, la idea de que fueran a tomar un avión.

–Lo que no salen son vuelos comerciales. Vamos a tomar un jet.

–¿Tienes un jet? –la noche comenzaba a presentarse muy surrealista.

–No, no tengo un jet. ¿Tan rico te crees que soy?

–Me parece que eres muy rico, por lo que he visto hasta ahora.

–No poseo un jet. Me limito a alquilarlo.

Habían llegado al aeropuerto. Caleb se dirigió al aparcamiento. El aeropuerto estaba tranquilo, pero no desierto. Había varios aviones en la pista.

Caleb rodeó el coche y le abrió la puerta. Ella no se movió, por lo que él le tendió la mano.

–No me fío de ti. ¿Me vas abandonar en Brasil o Ecuador y volver y coaccionar a Melissa?

–¡Qué imaginación la tuya! ¿Y cómo explicaría tu ausencia? –preguntó él cruzándose de brazos–. Vamos a San Francisco.

–¿Qué hay en San Francisco?

–El restaurante Neo original.

Mientras cruzaban el camino de madera que llevaba a la puerta principal del Neo, Caleb trató de ver el restaurante con los ojos de Jules. El edificio de dos plantas estaba situado en una península con vistas al puerto deportivo y al mar. Tenía una estructura de estilo Costa Oeste, al igual que el resto de los restaurantes Neo, con muchas ventanas y vigas muy altas.

Entraron. El maître reconoció a Caleb de inmediato y le hizo un gesto de asentimiento con la cabeza. Pero Caleb sabía que acomodaría a los clientes en orden de llegada. Él no exigía que lo atendieran primero. De hecho, siempre decía que los clientes eran más importantes.

El vestíbulo era espectacular. Más allá las mesas estaban separadas por grandes peceras. Caleb quería llevar a Jules al piso superior, desde donde verían las mesa de abajo y la cocina y estarían situados en paralelo a una enorme araña de madera de secuoya, compuesta por boyas náuticas de cristal.

—Lo reformamos hace dos años —dijo Caleb.

—Debieras haber traído a otra a esta cita. A una mujer a quien le impresionaras tú, tu poder y tu prestigio, porque, así, al menos, tendrías una oportunidad.

Sin embargo, él no quería estar con nadie más.

Después de haber atendido a otros clientes, el maître se acercó a ellos.

—Buenas noches, señor Watford.

—Hola, Fred —Caleb le estrechó la mano.

—No sabía que vendría esta noche.

—Ha sido una decisión de última hora. Te presento a Jules Parker.

–Encantado de conocerla, señorita Parker. ¿Dónde quiere sentarse esta noche? –preguntó a Caleb.

–En el segundo piso.

–Muy bien –Fred hizo una seña a uno de los camareros, que se acercó inmediatamente–. Mesa setenta.

–Síganme, por favor –dijo el hombre.

Caleb le puso la mano a Jules en la espalda y la empujó levemente hacia delante. Subieron y, una vez sentados, Jules dijo:

–La vista es muy bonita. ¿Es eso una campana de barco de verdad? ¿Son todos los objetos antigüedades?

–La mayor parte son del siglo XX, pero son auténticos.

–Voy a robarte alguna de esas ideas.

–Me parece bien. Facilitará que coordinemos nuestros esfuerzos.

–No dejas escapar ninguna oportunidad, ¿verdad? El Crab Shack no va a ser el primo pobre del Neo.

–Nunca he sugerido nada semejante.

–Todo lo que has dicho y hecho lo sugiere.

–«Primo pobre» tiene connotaciones negativas.

De pronto, se oyó un ruido de platos en el piso inferior y el suelo comenzó a vibrar. Jules se agarró al borde de la mesa con los ojos muy abiertos.

–Es un terremoto poco intenso –le aseguró él. No era la primera vez que le pasaba en San Francisco–. Este edificio está concebido para resistir…

El ruido en el piso de abajo se incrementó. Algunas personas gritaron.

Caleb se puso en pie de un salto.

–Protéjanse debajo de las mesas –gritó a los comensales que los rodeaban–. Este edificio está construido a prueba de terremotos–. Métanse debajo y no se muevan. Están más seguros aquí que si intentan salir.

Se acercó rápidamente a Jules para ayudarla a protegerse bajo la mesa.

–Aquí estarás bien –dijo. Después, miró a su alrededor y vio a una pareja de ancianos intentando protegerse, a la que corrió a ayudar.

El temblor aumentaba de forma alarmante, haciéndose progresivamente más violento. Los objetos decorativos comenzaron a caerse de las paredes, y los platos, de las mesas.

–¡Caleb! –gritó Jules.

Él miró a su alrededor para asegurarse de que todo el mundo se había protegido y corrió a meterse debajo de su mesa. El ruido era ya ensordecedor. La gente gritaba. Agarró a Jules y la atrajo hacia sí.

–Todo va a salir bien. El edificio no se derrumbará.

Justo en ese momento, la enorme araña de madera se desplomó.

Cuando el temblor comenzó a remitir, Caleb vio que las llamas de la parrilla habían prendido en la madera de la araña. Agarró a Jules y la miró a los ojos.

–Hay que evacuar el restaurante.

–¿Qué hago?

–Ayuda a esa pareja de ancianos. Tengo que apagar el gas. ¿Estás bien?

–Sí –parecía tranquila y dispuesta a ayudar.

A pesar de que el temblor no había cesado del todo, Caleb se levantó.

–Hay cinco salidas –gritó–. Una en cada esquina del piso de abajo y la puerta principal, por donde todos han entrado. No se asusten ni corran, pero salgan del edificio y quédense en la parte de atrás. El personal ayudará a quien lo necesite.

Caleb bajó al piso inferior. Fred, la gerente y el chef fueron a su encuentro.

–Hay que cerrar el gas.

–Estamos comprobando la instalación en la cocina –dijo Kiefer, el chef–. Me temo que puede haber fugas.

Dos miembros del personal llegaron con extintores y apagaron el fuego de la cocina.

–¿Hay un llave de paso general fuera? –preguntó Caleb.

–Detrás de la cocina, pero le hará falta una llave inglesa –contestó uno de los empleados.

–¿Hay alguna?

–Tiene que haber una en el sótano –dijo Fred.

–Evacuad a todo el mundo –después, se dirigió a Violet, la gerente–. ¿Has llamado a los bomberos?

–Las líneas están ocupadas, pero seguiré intentándolo.

–Cerrad todas las puertas y ventanas –ordenó a Kiefer.

Se fue la luz y sonó el grito ahogado de todos los que aún no habían salido. Se encendieron inmediatamente las luces alimentadas por pilas.

–Tendremos que apañárnoslas solos durante un rato –dijo Caleb. Los servicios de emergencia estarían sobrecargados de trabajo y cabía la posibilidad de que las calles y carreteras hubieran sufrido daños–. ¿Hay alguien que sepa algo de primeros auxilios?

–Tres empleados de la cocina tienen un diploma –dijo Violet–. Igual que yo.

–Buscad el botiquín de primeros auxilios y comprobad si hay alguien que necesita ayuda. Repartid botellas de agua –vio que Jules se le acercaba.

–¿Qué hago?

–Tengo que buscar una llave inglesa en el sótano.

–Te ayudaré.

–Por aquí –dijo él sorteando las mesas caídas para llegar a la escalera que conducía al sótano–. Ten cuidado: hay cristales por todas partes.

–Llevo botas, gracias a Melissa.

Caleb abrió la puerta del sótano. No había tiempo que perder.

Capítulo Seis

Tres horas después, una vez cortado el gas y con los clientes a salvo y camino de su casa, un bombero se acercó a Jules y Caleb.

—¿Está bien, señorita?

Jules estaba cansada y tenía frío, pero, por lo demás, se encontraba bien.

El bombero le tendió la mano a Caleb.

—Soy Zeke Rollins.

—Gracias por su ayuda —dijo Caleb estrechándosela.

—Un ingeniero tendrá que revisar el edificio antes de que se pueda volver a entrar.

—Ya hemos fijado una cita con él mañana. Salvo por la zona de la parrilla, que está destrozada, esperamos que los demás daños sean superficiales.

—Espero que sea así. Están ustedes en el epicentro del terremoto. Hemos perdido un par de edificios históricos al final de la calle. Por suerte, estaban vacíos.

—¿Hay heridos graves? —preguntó Jules, que se había sentido muy aliviada al saber que los clientes del Neo solo habían sufrido cortes y cardenales.

—Hay algunas personas con huesos rotos y otra a la que están operando. Podía haber sido mucho peor.

Jules asintió. Era su primer terremoto y había sido aterrador.

–Nos han dicho que ha sido de magnitud seis –comentó Zeke–. No vuelvan a entrar esta noche.

–No lo haremos. He puesto agentes de seguridad en las puertas. Mañana estoy citado con el ingeniero y veremos qué hay que hacer.

–Muy bien. Me alegro de que estén ustedes bien.

–Gracias de nuevo –dijo Caleb.

Zeke le dio una palmada en el hombro antes de marcharse.

–Te has portado de maravilla –Jules se sintió obligada a decírselo. Se había puesto al mando, había conseguido que los clientes salieran ilesos y que el edificio no ardiera.

Caleb se encogió de hombros. Se había remangado la camisa, tenía un arañazo en la mejilla y los brazos sucios. Parecía un poco cansado.

–Y ahora, ¿qué? –preguntó ella mirando el edificio, que parecía en perfecto estado por fuera.

–Debes de tener hambre.

–Me refería al Neo.

–Se harán las reparaciones necesarias –no parecía muy preocupado–. Disponemos de un buen seguro. Tendremos que cerrar unos días, pero confió en que volvamos a abrir pronto.

–Eres optimista –afirmó ella. Lo admiraba.

–Vámonos –la sorprendió pasándole el brazo por la cintura. Y, después, ella se sorprendió a sí misma apoyándose en él.

–¿Dónde?

–A algún sitio donde nos den de cenar. ¿Te importa volver a casa mañana en lugar de esta noche?

–No –tendría que llamar a Melissa, que ni siquiera sabía que estaba en San Francisco. Iba a ser una interesante llamada.

–Seguro que quieres ducharte –dijo Caleb mientras se dirigían al aparcamiento.

Jules frunció el ceño al mirarse la ropa sucia. Se había hecho un agujero en los pantalones a la altura de la rodilla.

–Son de Melissa.

–La ropa se puede sustituir por otra.

–Ya lo sé. Estaba pensando que no sabe que no estoy en Olympia.

–Has estado fantástica –afirmó él apretándole la cintura–. ¿Quieres llamar a tu hermana desde el coche? –habían alquilado uno en el aeropuerto. Él abrió las puertas.

Jules se dio cuenta de que no tenía el móvil.

–Me he dejado el bolso en el restaurante, con el teléfono, las llaves y las tarjetas de crédito.

Caleb sacó el suyo y se lo ofreció.

–Llevo la cartera en el bolsillo, pero no sé dónde he dejado la chaqueta –dijo él mientras ella subía al coche–. Esta noche no ha salido como planeaba.

Ella sonrió y agarró el teléfono.

–Me ha gustado el restaurante –reconoció.

Caleb cerró la puerta y fue a sentarse al volante. Ella le pasó el teléfono.

–La contraseña.

Él la introdujo, pero antes de devolvérselo, consultó su correo electrónico.

–Matt está preocupado. Sabía que veníamos aquí.

–¿Tienes que llamarlo?

–Puede esperar –respondió él mientras le mandaba un mensaje.

Jules llamó a su hermana mientras salían del aparcamiento.

–¿Te he despertado? Estamos en San Francisco.

–¿Qué hacéis ahí? Un momento. Ha habido un terremoto allí.

–Lo sé. Lo he sentido.

–¿Estás bien?

–Sí, pero el Neo ha sufrido muchos daños –Jules le hizo un resumen de lo sucedido, le aseguró que estaba ilesa y que se quedarían allí a pasar la noche.

–Creo que eso explica que papá me haya llamado porque quería hablar contigo y no conseguía localizarte.

–No le habrás dicho con quién estoy, ¿verdad? –preguntó Jules mirando a Caleb, que la miró a su vez.

–Claro que no. Lo que me he lesionado ha sido la mano, no el cerebro.

–Menos mal.

–Me estás destrozando el ego –comentó Caleb haciendo una mueca.

–No se lo digas a papá –dijo Jules a su hermana, sin hacer caso a Caleb.

–No lo haré. Descansa. Hasta mañana.

–Lo haré. Gracias.

Jules acabó de hablar y levantó la vista. Habían llegado al hotel Blue Earth Waterfront.

–¿No te parece que esto es excesivo? Solo necesito una hamburguesa y agua caliente.

–Las camas son muy cómodas –comentó él mientras detenía el coche ante un botones–. Y tienen de todo las veinticuatro horas del día.

–¿Van a alojarse? –preguntó el botones.

–Queremos dos habitaciones.

–Desde luego, señor –el hombre habló con recepción–. Tenemos dos en la planta trigésimo segunda, con buenas vistas.

–Muy bien –dijo Caleb al tiempo que se desabrochaba el cinturón de seguridad. Jules lo imitó. Había decidido no discutir más. Solo necesitaba un baño caliente para sentirse en la gloria.

Un camarero dejó lo que había pedido Caleb para cenar en una mesa de la habitación. El hombre añadió una rosa en un estrecho florero de cristal y encendió dos velas. Con el mantel blanco, quedaba muy romántico.

Iba a llamar a la puerta que comunicaba su habitación con la de Jules, pero cambió de idea. Apagó las velas y las quitó, al igual que el jarrón. A continuación, llamó a la puerta.

Jules abrió. Se había duchado y puesto unos pantalones de chándal y una camiseta que le habían dado en el hotel. Caleb iba vestido igual. Jules se apoyó en el quicio de la puerta.

–Lo has hecho a propósito, ¿verdad?

–¿Lo de pedir habitaciones que estuvieran conectadas?

Ella asintió con expresión de cómico recelo.

–Has oído toda la conversación.

Lo de las habitaciones había sido una casualidad, aunque Caleb suponía que el botones había visto a Jules y había decidido hacerle un favor a Caleb. Le daría una buena propina.

No era que tuviera expectativas. Estaba seguro de que la cita acabaría con la cena.

–Son habitaciones estupendas –afirmó ella entrando en la de él.

–Me alegro de que te gusten.

–¿Qué has pedido para cenar?

–Me has dicho que querías una hamburguesa.

–¿Y has pedido hamburguesas en un hotel de cinco estrellas?

–Sí.

–Ya veo que siempre me invitas a lo mismo –dijo ella haciendo un mohín burlón.

–Te veo muy relajada.

–Estoy demasiado cansada para sentirme de otro modo.

–He pedido vino en lugar de batidos.

–Bien hecho –Jules levantó la tapadera de plata que cubría el plato–. Esto no es una hamburguesa.

–Puede que me hayan entendido mal.

–Menudo comediante estás hecho.

–Es langosta *chanterelle* con *agnolotti*. Espero que te guste.

–Huele de maravilla.

–¿*Chardonnay*?

–Sí, por favor.

–Retiro lo que dije aquella noche que nos tomamos la hamburguesa. Estar a punto de morir en un terremoto es lo peor que te puede pasar en una cita.

–Hemos sobrevivido –dijo ella alzando la copa.

–De todos modos, quiero que la repitamos –afirmó él brindando con ella.

–¿Por qué?

–Porque todo ha salido mal. Míranos –Caleb señaló la ropa de ambos, el cabello húmedo y los pies descalzos.

–Yo creo que estoy arrebatadora.

Él estuvo de acuerdo.

–Y muy cómoda –probó la langosta–. Está deliciosa. No creo que haga falta repetir la cita.

Caleb sabía que lo que quería decir era que no quería volver a salir con él. No tenía derecho a sentirse decepcionado, ya que ella había accedido a aquella cita bajo presión. Ni siquiera estaba seguro de lo que esperaba conseguir, pero, fuese lo que fuese, no lo había hecho. Se dio por vencido y empezó a comer.

–Es gracioso –comentó ella, entre bocado y bocado– que, hace años, cuando estaba enamorada de ti y era la típica adolescente rebelde, forjé la estúpida fantasía de burlarme de mi padre y marcharme contigo mientras el sol se ponía en el horizonte.

Él estaba dispuesto a marcharse con ella en cuanto se lo pidiera.

–Pero cuando ha sucedido de verdad –prosiguió ella–, lo único que espero es que no se entere. No me imagino cómo reaccionaría.

–¿Vas a contárselo?

–No.

–¿Tienes secretos con tu padre?

–¿Tú no?

–Ya no me relaciono mucho con él –hacía años que sus padres se habían trasladado a Arizona.

–¿Y cuando eras más joven?

–Kedrick y yo no solíamos estar de acuerdo en casi nada –decir eso era quedarse corto.

–A mi padre no le gustaba que Melissa y yo fuéramos a Whiskey Bay porque quería olvidar los malos recuerdos. Pero a nosotras nos encantaba ir y a nuestros abuelos que fuéramos.

–Sé que tu padre se peleó con el mío.

–Se llevaron mal desde el momento de nacer.

–Entonces, conoces el litigio entre nuestros abuelos.

–Sé lo básico –dijo ella–. Tu abuelo le quitó al mío a la mujer que amaba.

–Después, tu padre le robó la novia al mío. Hubieran debido quedarse en paz.

–Sin embargo, tu padre acosó al mío durante toda la infancia e hizo que lo detuvieran en cuanto se defendió.

–Creo que no sucedió así –su padre le había contado la historia a Caleb años antes.

–Sucedió exactamente así.

–Es un riesgo perseguir a la novia de otro hombre –contraatacó él.

–¿Me estás diciendo que fue culpa de mi padre?

–Lo que digo es que tu padre fue quien inició todo. No, no es eso lo que quiero decir. Te cuento la historia tal como me la contaron. Tu padre le rompió los dientes al mío de un puñetazo.

–Porque lo provocó.

–Muy bien –Caleb lamentaba que hubieran comenzado a discutir–. Dejémoslo así.

–Y lo detuvieron –prosiguió ella.

–Lo dejaron en libertad condicional –y Caleb estuvo a punto de añadir que su padre había tenido que someterse a cirugía dental. Sin embargo, se contuvo. No sabía cómo había ido agravándose el incidente, pero los dos chicos habían salido perdiendo.

–Cuando se solucionó el asunto, ya era tarde –dijo Jules con voz emocionada–. Mi padre había perdido la beca, en tanto que tu familia podía permitirse mandar a tu padre a la universidad que deseara, porque, años antes, tu abuelo había estafado al mío y le había quitado a la mujer que amaba.

Caleb no pensaba seguir defendiendo a su padre, sobre todo porque había muchas probabilidades de que la versión de Jules fuera cierta. Pero lo de su abuelo era distinto.

–Ella eligió libremente a Bert en vez de a Felix –estaba seguro.

–Ya, pero me parece que ella era una especie de premio.

—Estás hablando de mi abuela —la conversación estaba yendo por mal camino, pero Caleb se sintió en la obligación de defender a Nadine, su abuela.

—Tu abuela decidió casarse con el primero que ganara una fortuna —dijo ella en tono desdeñoso.

—Tal vez no pudiera decidirse por ninguno de los dos.

—Una mujer siempre puede decidirse.

—¿Eres una experta?

—Soy una mujer —Jules bebió un sorbo de vino—. Lo que quiero decir es que si dejó que el dinero decidiera por ella fue porque no estaba enamorada de ninguno.

—Puede que lo estuviera de los dos.

—Eso es imposible. Puedes querer a dos hombres, pero no estar enamorada de los dos.

—Mis abuelos parecían muy felices.

—Seguro que se sentían a gusto con la mansión y el Rolls-Royce que compraron después de que tu abuelo estafara al mío.

Caleb sabía que en el trato entre ambos no había habido dobleces.

—Tu abuelo compró a mi abuelo la mitad del Crab Shack.

—Sí, por el doble de su valor.

—Hicieron que lo tasaran.

—Habían llegado a un acuerdo entre caballeros un año antes, cuando el valor de la propiedad era menor, después de que tu abuelo dejara de esforzarse en sacar adelante el negocio.

Caleb no quería continuar discutiendo.

–No somos los malos, Jules –no le gustaba que ella lo incluyera en la mala opinión que tenía de su familia.

–Los hechos demuestran lo contrario.

–¿Cómo puedo hacerte cambiar de opinión?

–Es sencillísimo.

No tuvo que añadir nada más: si él capitulaba, pensaría que era una buena persona.

–Has visto el Neo, lo que puedo construir y hacer. Te puedo ayudar con el Crab Shack.

–No lo harás, Caleb. No me fío de los Watford.

–Sé que mi padre no es un buen tipo, pero yo nunca te he hecho daño.

–Tengo que irme –dijo ella con una sonrisa triste al tiempo que dejaba la servilleta en la mesa.

–No te vayas.

–No sé qué esperabas sacar, Caleb, pero esto de la cita no va a funcionar. Por mucha comida deliciosa y buen vino que me ofrezcas, no voy a cambiar de opinión.

–Me gustaría volver atrás –afirmó él levantándose al mismo tiempo que ella.

–¿Adónde?

–A cuando querías huir conmigo.

–¿Quieres decir que dejarías el Neo?

–Eres demasiado rápida para mí, Jules. No estoy a tu altura.

–Eso no es verdad. La verdad es que tú eres mucho más listo que yo. Eres peligroso.

–Lo último que querría es hacerte daño –le levantó la barbilla con el índice–. Al menos, ¿puede acabar esta cita con un beso? Tengo muchas ganas de besarte.

—Sabes lo que pasará si me besas.

—¿Que me voy a morir de deseo?

—Si cruzamos esa línea, no seremos capaces de controlarnos —ya no estaba a la defensiva.

Ella tenía razón, pero le daba igual.

—¿Y qué te indica eso?

—Que hay química entre nosotros.

—Y eso no es un delito ni hacemos mal a nadie. Se trata solo de nosotros dos, Jules, tal vez por esta única vez.

Se produjo un largo silencio.

—Si lo hacemos, lo que suceda en esta habitación no saldrá de aquí. No hablaremos de ello ni pensaremos en ello. Ni volveremos a hacerlo.

—Trato hecho —dijo él sin vacilar.

—¿No vas poner ninguna condición?

—No.

Ella extendió la mano y las puntas de sus dedos se tocaron.

—Entonces, ¿a qué esperas? —preguntó sonriendo levemente.

Él dejó de esperar.

El beso de Caleb estuvo a punto de hacerla caer de rodillas. La parte racional de su cerebro le indicaba que aquello no era buena idea. Pero había otra parte más poderosa a la que le encantaba sentir los fuertes brazos de Caleb alrededor de su cuerpo. Se apoyó en él y se olvidó del miedo y la incertidumbre de sus circunstancias.

Deslizó las manos por los brazos de Caleb y sus musculosos hombros hasta llegar a su espalda y abrazarlo. Correspondió a su beso y probó el sabor a vino de su boca. Él la besó con mayor profundidad. Le acarició la espalda y le introdujo las manos por debajo de los pantalones y la camiseta. Cuando le acarició la piel, ella se estremeció. Caleb le quitó la camiseta.

Ella, al salir de la ducha, no se había puesto el sujetador, por lo que sus senos desnudos aparecieron ante su vista.

–Qué hermosos –susurró él.

Ella le quitó la camiseta y sonrió al contemplar su ancho pecho y sus perfectos pectorales.

–Qué hermosos –dijo ella, a su vez.

–Me alegro de que estemos de acuerdo –observó él sonriendo.

–Es más agradable cuando nos llevamos bien –apuntó ella acariciándole el estómago.

–Mucho mejor. Pero tenemos todavía mucha ropa puesta.

Ambos se quitaron los pantalones.

–Mejor –dijo él devorándola con la mirada.

–Mejor –dijo ella examinando su magnífica presencia de arriba abajo.

–Estás muy lejos –él la tomó de la mano y la atrajo hacia sí. Volvió a besarla. Ella sintió su piel caliente y se regodeó en las curvas de su cuerpo, las protuberancias y los huecos que tan bien se ajustaban a los suyos.

–¡Qué suave eres! –murmuró él.

–Tú estás muy duro.

Él se rio, sorprendido.

–No me refiero a eso. Bueno, tal vez sí.

–Seguimos estando de acuerdo. Estoy duro y te deseo mucho.

–Yo también te deseo –ella se echó un poco hacia atrás para mirarlo a los ojos–. Mucho.

Él la besó en la frente, en la punta de la nariz, en la mejilla y en la sien, y después descendió hasta su cuello.

–Hueles y sabes de maravilla.

Ella lo acarició desde los hombros hasta los muslos, con el pulso acelerado.

El móvil de Caleb lanzó un pitido, pero no le hicieron caso. El mundo exterior no significaba nada.

Él la tomó de la mano, la condujo a la cama y retiró la colcha. Ella se sentó y él la empujó suavemente para tumbarla y cubrirla con su cuerpo. Le asió un seno y ella experimentó una intensa y exquisita sensación que la hizo ahogar un grito.

–¿Te gusta? –preguntó él.

Ella gimió suavemente y se aferró con una mano a su hombro porque todo comenzaba a darle vueltas. Arqueó las caderas y lo atrajo hacia sí. Él estaba excitado y su piel ardía. Nada importaba porque nada existía.

Sus cuerpos se unieron en perfecta armonía. Él no se detuvo en su movimiento, deslizándose hacia dentro y hacia fuera, aumentando el ritmo y reduciéndolo para volver a aumentarlo.

Ella se le aferró y enlazó las piernas en su cintura. Buscó su boca. Y cuando, por fin, tuvieron que respirar, lo besó en el cuello y se lo lamió.

Se agarró a su espalda y él la besó en la boca mientras la embestía con más fuerza y más deprisa.

Jules sintió que flotaba, que su cuerpo se desmembraba y que no podía controlar sus acciones ni sus reacciones. Se dejó ir y sintió que el deseo alcanzaba su punto máximo. Gritó su nombre y él se tensó por completo. Los espasmos de placer sacudieron sus cuerpos.

Jules tardó varios minutos en volver a la realidad. Le gustaba sentir el peso de Caleb y el calor de su cuerpo. Él jadeaba, y eso también le gustaba, así como oír los latidos de su corazón sincronizados con los de ella.

—¿Me aparto? —preguntó él jugueteando con su cabello.

—Aún no. Lo mejor será que nos quedemos muy quietos y en silencio.

—¿Antes de que estropeemos las cosas? —preguntó él riendo.

—Eso es justamente lo que estaba pensando.

—No quiero pelearme contigo por nada.

—Estupendo.

Él le tomó el rostro entre las manos y la besó tiernamente.

Ella pensó que el momento era perfecto y que estaba en paz con el mundo.

—¿Podemos quedarnos aquí para siempre?

—Podemos intentarlo.

Con Jules en los brazos, Caleb se había quedado despierto largo rato. Esperaba que ella hubiera cambiado de opinión y que aquello pudiera ser el comienzo de algo entre los dos. Al final, se durmió y, al despertarse, ella se había ido y la puerta que unía las dos habitaciones estaba cerrada.

De camino al Neo, había intentado sacar el tema de la noche que habían pasado juntos, pero Jules lo había interrumpido recordándoles las condiciones de su acuerdo. Era evidente que ella iba a seguir en sus trece.

Caleb había conseguido recuperar el bolso y el móvil de Jules, lo cual obtuvo la recompensa de una sonrisa.

Ella consultó los mensajes.

—Seis llamadas de mi padre —apretó una tecla y se llevó el móvil a la oreja.

Caleb sabía que debía dejarla sola para que hablara, pero le pudo más la curiosidad. Mientras los ingenieros peinaban el edificio y los electricistas ponían todo a punto para volver a trabajar, él no se movió del lado de Jules.

—Hola, papá —hizo una pausa—. ¿Ah, sí? Melissa no tenía que haberte llamado. Todo ha salido bien.

Caleb adivinó con facilidad lo que le decía su padre.

—He venido por negocios.

Aunque Caleb no distinguía las palabras que

Roland decía, era evidente que su tono era de impaciencia. Estuvo tentado de agarrar el móvil de Jules y decirle que se callara. Aunque Roland estuviera amargado y quisiera olvidar todo lo relativo a Whiskey Bay, Jules no deseaba hacerlo. No había hecho nada malo, era una persona adulta y no tenía necesidad de darle explicaciones.

–Da igual, papá. Lo importante es que estoy bien –hizo otra pausa–. Ha habido daños en algunas tiendas, pero todo se puede reparar. Vuelvo a casa hoy.

Roland dijo algo, o más bien lo gritó, a juzgar por la expresión de su hija.

–¿Te ha dicho eso Melissa? No, no vamos a volver –Jules apretó los labios mientras escuchaba–. Basta, papá. Es nuestro dinero. Ya hemos hablado de eso –Jules dio la espalda a Caleb, pero no se alejó–. Ya sabemos lo que opinas, pero nada ha cambiado. Vamos a hacerlo. Adiós, papá.

Jules se volvió hacia Caleb negando con la cabeza y apretando los dientes.

–¿Todo bien? –preguntó él.

–Sí.

–Pues no lo parece.

–Mi padre es así. A veces se inquieta mucho. Está convencido de que he resultado herida en el terremoto, pero que estoy quitándole importancia.

–¿Quieres mandarle una foto para que vea que estás bien?

–¿En que aparezca yo enfrente del Neo? Sería echar leña al fuego.

–Deberías ir a verlo.

–¿Cuándo?

–Ahora.

–Está en Portland, Caleb.

–Estás a punto de volver a casa en avión.

–A Olympia. No dispongo de un día libre para ir en coche hasta allí. ¿Intentas retrasar la reforma del Crab Shack todavía más? ¿De eso se trataba lo de anoche?

–Lo de anoche no tiene nada que ver con ninguno de los dos restaurantes –observó él mirándola con dureza–. Y te aseguro que el terremoto no ha sido cosa mía.

–Perdona –dijo ella avergonzada.

–No hay nada que perdonar –aseguró él acercándosele–. Lo de anoche es complicado.

–Por eso acordamos no hablar de ello. Ha sido un error por mi parte sacarlo a colación.

–Pero ya que lo has hecho… –Caleb se contuvo para no tomarla de las manos Quería tocarla.

–No –dijo ella con rotundidad–. No volveré a hacerlo.

Caleb entendió que aquel no era el momento ni el lugar para hablar del asunto.

–Tengo que quedarme aquí un par de días, por lo menos. Puedes ir en taxi al aeropuerto para tomar el avión. Les diré que te estén esperando. El jet hará escala en Portland y, de ese modo, podrás ver a tu padre.

Ella lo miró con incredulidad.

–Le pilla de camino –explicó él.

—¿Y cómo se lo explico a mi padre?

—Dile que has hecho escala. No tienes que darle detalles.

—Una de las cosas que me asusta de ti es que nunca sé lo que tramas.

—Me gusta que sea así. Voy a llamar un taxi.

Aunque no quería que Jules se marcharse, tenía que hacerlo. Y él debía comenzar a evaluar los daños del restaurante.

Capítulo Siete

En el corto trayecto del aeropuerto a casa de su padre, Jules había ensayado repetidamente la mentira que iba a contarle. Como era de esperar, él se quedó desconcertado al abrir la puerta y verla.

—El avión ha tenido que hacer escala —dijo ella—, así que he pensado en pasar a saludarte.

—¿Qué pasa?

—Nada.

—Se te oía rara por teléfono.

—Ha sido una mala noche. ¿Puedo entrar?

—¿Por qué me lo preguntas? —su padre frunció el ceño mientras se echaba a un lado.

Jules pensó que había sido mucho esperar que estuviera de buen humor.

—Tengo una hora, aproximadamente. Podemos hablar.

—¿De qué?

—He traído fotos de la obra —abrió el bolso y sacó el móvil.

—No quiero verlas —dijo su padre mientras cerraba la puerta.

—Nos ayuda un carpintero. Trabaja muy bien por un sueldo razonable.

—Tendríais que volver las dos a casa, buscaron

un trabajo de verdad y renunciar a ese restaurante abandonado y destartalado. Hay muchos hombres agradables en Portland.

Jules pensó involuntariamente en Caleb.

—Sabes que queremos reabrir el restaurante, papá. Creemos que puede funcionar. Se lo prometimos al abuelo.

—No deberíais haberlo hecho ni él debería habéroslo pedido. Voy a impugnar el testamento.

—De ninguna manera —aunque a su padre le hubiera encantado vender el terreno en el que estaba el restaurante y la casa del abuelo, sabía que ningún tribunal invalidaría el testamento.

—Vais a perder todo el dinero.

—Ya te hemos dicho que estamos dispuestas a correr el riesgo —Jules se sentó en el salón.

—Has arrastrado a tu hermana a esta desgraciada aventura.

—Melissa sabe decidir por sí misma —afirmó Jules apretando el bolso en su regazo.

—Ella te sigue. Siempre lo ha hecho.

—Pues discute conmigo cuando no está de acuerdo.

—No me vengas con esas. Sabes que la que manda eres tú.

—No soy… —Jules se detuvo al darse cuenta de la inutilidad de seguir dando vueltas a lo mismo—. Quería que supieras que estoy bien, que estamos bien, por si estabas preocupado.

—Cuando pienso que sois vecinas de esa familia…

—Solo está Caleb. Kedrick se ha mudado a Arizona.

—¿Cómo lo sabes?

—Es un vecindario muy pequeño —comentó al tiempo que se daba cuenta de que había metido la pata.

—¿Cómo sabes tanto de esa familia?

—Nos hemos encontrado con Caleb y con algún otro vecino. Matt Emerson es el dueño del puerto deportivo y vive en la casa que hay encima. Y T.J. Bauer compró la casa de los O'Hara y la ha reformado de arriba abajo. La nuestra es la única casa original que queda.

—La tierra cuesta ahora una fortuna. Lo lógico sería vender.

—¿Necesitas dinero? —preguntó Jules. Nunca lo había mirado desde ese ángulo. Su padre nunca había ganado mucho como gerente de la ferretería. En general, no hablaban de dinero. Su hermana y ella se habían criado de forma muy modesta.

—Sé cuidarme solo —contestó su padre fulminándola con la mirada.

—Era la casa de tu familia.

Aunque su abuelo se la hubiera dejado en herencia a las hermanas, su padre tenía derecho moral al dinero ligado a la propiedad, que era la única herencia familiar que poseían los Parker.

—Todo esto se debe a tu ridícula idea y a la irresponsable decisión de mi padre de transmitir su sueño a las siguientes generaciones. Tengo la responsabilidad de salvarte de ti misma.

Jules quería a su padre, pero se comportaba de

forma irracional en los que se refería a Whiskey Bay. Y estaba equivocado: merecía la pena intentar hacer realidad el sueño de su abuelo. Se dio cuenta de que no debía haber ido a verlo. Estaba empeorando las cosas. Fingió que consultaba su reloj de pulsera y se levantó.

–Soy una mujer adulta que toma sus propias decisiones.

–No conoces a esa gente.

Los conocía mejor de lo que se imaginaba. No se fiaba de Caleb, pero lo conocía íntimamente.

–Me conozco, conozco a Melissa y sé lo que quería el abuelo. Estoy haciendo lo correcto, papá. Y espero que un día te des cuenta.

–Y yo espero no seguir vivo el tiempo suficiente para verte arruinada.

Ella sonrió con tristeza y lo abrazó.

–Espero que sigas vivo mucho tiempo.

Él lanzó un gruñido.

Jules salió de la casa y se dirigió a la esquina para parar un taxi. Las duras palabras de su padre se mezclaron con la imagen de Caleb.

Era posible que la noche anterior fuera una de las cosas que más tuviera que lamentar en su vida, pero también había sido una de las experiencias más fantásticas. Y, en aquel momento, era un bálsamo para todo lo demás. Dejó de luchar contra los recuerdos de Caleb y permitió que la invadieran.

***

Caleb había pasado casi una semana en San Francisco, mientras reparaban el Neo, sin dejar de pensar en Jules. Se iba a celebrar una fiesta con motivo de la reapertura. En cuanto todo estuvo controlado, dejó al mando a la gerente y volvió a Whiskey Bay.

En cuanto hubo llegado se dirigió al Crab Shack para ver a Jules. Al acercarse al edificio, no dio crédito a lo que veía.

Jules estaba en el tejado con Noah, que estaba colocando la primera fila de tejas.

—Hola, Caleb —lo saludó Melissa saliendo al patio. Noah se volvió a mirar en su dirección.

—No puede ser —dijo Caleb a este mientras señalaba a Jules con la cabeza.

—Mi hermana no está usando la pistola de clavos —apuntó Melissa.

—Tiene que bajar ahora mismo —gritó Caleb. Jules se volvió a mirarlo con aire despreocupado.

—No voy a caerme del tejado.

—Haz que baje inmediatamente —le ordenó Caleb a Noah.

—Trabajo para ella.

—Noah quería contratar a un ayudante para el tejado —comentó Melissa.

—Pero no hace falta que paguemos a un ayudante —apuntó Jules.

—Esto es ridículo —Caleb se dirigió a grandes zancadas a la escalera.

—Márchate —dijo Jules—. Esto no es asunto tuyo.

—Baja, Jules.

Ella se cruzó de brazos con una expresión de obstinación en el rostro. Estaba adorable con sus vaqueros manchados de polvo, una camisa escocesa y botas de trabajo. Su cabello trenzado sobresalía por debajo de una gorra de béisbol y llevaba una cinta métrica colgada de la cintura.

Caleb quería sacarle una foto; mejor dicho, quería echársela al hombro y bajarla, se la llevaría a su casa, a su cama.

Subió al tejado.

–Yo seré el ayudante.

–No necesitamos tu ayuda ni nos fiamos de ella. Probablemente harías agujeros en el tejado.

–No digas tonterías.

Noah los observaba manteniéndose al margen.

–Tienes que atender a razones –dijo Caleb.

–Eres tú quien no eres razonable.

–Eres novata y reparar un tejado es peligroso.

–El restaurante es mío, no tuyo. Tendré cuidado. Además, Noah está haciendo la mayor parte del trabajo.

–Puedes caerte.

–Me apartaré del borde. Además, no tengo que justificarme delante de ti.

–Baja, Jules.

–¿O qué?

–O te bajaré yo.

–Seguro.

–Mírame. ¿Crees que bromeo?

–Creo que estás en propiedad ajena sin autorización.

–¿Qué te parece esto? –Caleb sabía que no podía utilizar la fuerza–. Yo ayudo aquí a Noah y tú ayudas a Melissa abajo. Trabajaré gratis y el trabajo irá más deprisa.

–Deja de darme argumentos lógicos.

–Me veo obligado a hacerlo porque eres muy cabezota.

–No soy cabezota, sino independiente.

–Noah –dijo Caleb volviéndose hacia él–, ¿prefieres que te ayude ella o yo?

–¿Sabes poner tejas?

–Sí.

–Entonces, tú.

–Noah vota por mí –dijo Caleb a Jules.

–¿Desde cuándo es esto una democracia?

–Tiene razón –dijo Melissa desde abajo–. Avanzaremos más si nos ayuda.

–Trama algo –contestó Jules–. Los Watford no te ayudan, sino que te apuñalan por la espalda.

Caleb lanzó un bufido.

–¿De verdad crees que me ha dado tiempo en cinco minutos a trazar un plan para perjudicaros poniendo tejas?

–Eres muy astuto.

–Mira –dijo él sacando el móvil–. Voy a llamar a otra persona para que nos ayude, lo cual acelerará aún más el trabajo.

–¿A quién llamas? –pero Caleb ya estaba hablando con Matt.

Le resumió la situación y finalizó la llamada enseguida.

–Matt viene para acá –dijo a Noah.

Jules estaba furiosa.

–Te comportas como un matón.

Él se inclinó hacia ella y le susurró:

–Ahora que he visto ese hermoso cuerpo, no soporto la idea de que pueda pasarle algo –le puso una mano en el hombro–. Baja, por favor. Es peligroso y no quiero que te hagas daño.

–Tiene razón –dijo Noah–. Tenemos dos voluntarios capaces y es lógico que trabajen aquí arriba.

–Muy bien –dijo Jules de mala gana. Después se inclinó hacia Caleb y murmuró–: No se te ocurra volver a mencionar ese tema.

Tenía razón en haberse molestado. Él quería cumplir la promesa de no mencionar lo sucedido en San Francisco, pero no estaba seguro de poder hacerlo. Habían hecho el amor y no podía olvidarlo.

Jules le gustaba y la deseaba. En momentos de debilidad, incluso contemplaba la posibilidad de tener una relación con ella. Pero eso no sucedería. Se hallaban en medio de una pelea que solo podía ganar uno de los dos.

Jules bajó por la escalera y se metió adentro con Melissa.

–No sabía cómo acabaría esto –comento Noah a Caleb.

–Yo tampoco.

–No confía en ti.

–Pero sí en ti.

–Pero es que yo no intento arruinarle el negocio.

–Y yo no he matado a nadie –Caleb lamentó sus palabras en cuanto las hubo pronunciado–. No he debido decir eso.

–Ya me lo han dicho muchas veces –comentó Noah al tiempo que se encogía de hombros.

Caleb titubeó antes de volver a hablar.

–Entenderé que no quieras contarme lo que pasó.

Noah se acercó a uno de los sacos de tejas.

–Maté a mi padrastro cuando atacó a mi hermana de dieciséis años. Le paré los pies y agarró un cuchillo –Noah levantó el brazo–. Tengo una cicatriz. Él se dio un golpe en la cabeza al caer.

–Así que fue en defensa propia –Caleb no entendía por qué lo habían encarcelado.

–Mi hermana se quedó bloqueada después del ataque, por lo que carecía de testigos.

–¿Ha recuperado la memoria?

–Espero que no lo haga.

–Muy bien. Ahora sí me fío de ti.

Noah esbozó una sonrisa sardónica.

–No es una de mis prioridades, pero lo acepto.

–Intento hallar el modo de solucionar esta situación –por alguna razón, Caleb necesitaba explicarse ante Noah.

–No es asunto mío.

–A ella le iría mejor si el Neo estuviera al otro lado del camino que estando aquí sola.

–Supongo que has querido decir que a ellas les iría mejor.

–Sí, a ellas, a las dos. Melissa se ha mostrado razonable. Creo que, en parte, me apoya.

Caleb lo miró con escepticismo.

–¿No crees? –le había dicho Melissa algo a Noah? ¿Ella solo pretendía ser amable con Caleb?–. ¿Te ha dicho algo sobre mí o mi oferta?

–Admira el éxito que has tenido con tus restaurantes, pero está emocionada con el Crab Shack y es fiel a su hermana.

–¿Pero cree que puede haber una posibilidad de trabajar juntos?

–No sé lo que te imaginas que me ha contado –respondió Noah–. No es que seamos muy amigos. Yo trabajo y ella hace lo que puede. Pero viene todos los días y nunca se queja.

–¿Y Jules? –se le escapó a Caleb, contra su voluntad.

–Jules es una fuerza de la naturaleza –afirmó Noah. Caleb rio. Estaba de acuerdo–. Yo, en tu lugar, accedería a sus deseos.

–Si lo hago, perdería un millón de dólares y mi sueño.

–Pues, a la larga, puede que merezca la pena.

Caleb entrecerró los ojos y trató de adivinar, por su expresión, qué pensaba Noah. ¿Se había percatado de sus sentimientos hacia Jules? Era imposible, ya que no sentía nada por ella. Bueno, sí sentía algo por ella, pero ¿iba a perder un millón de dólares y el sueño de su vida después de una única noche juntos? De ningún modo.

***

Mientras el sol se ponía sobre el mar, T.J. Bauer llegó al Crab Shack con unas pizzas y unos refrescos. A Jules le resultaba difícil que los amigos de Caleb no le cayeran bien. No entendía que Matt hubiera dejado su trabajo en el puerto deportivo para ayudarlas ese día ni que a T.J. Bauer le pareciera que era lo más normal del mundo presentarse con la cena para todos los presentes, cuando ni siquiera conocía a la mitad de ellos.

Tanto Matt como T.J. estaban de buen humor, se habían interesado por la salud de Melissa y gastado bromas a Noah.

T.J. había dejado la comida en la barra del bar, cubierta con un paño, e invitado a que cada uno se sirviera. Jules estaba hambrienta. Había agarrado un trozo de pizza y una lata de cola y se había sentado. Caleb se sentó a su lado.

—Creo que debería estarte agradecida —dijo ella dando el primer mordisco a la pizza.

Los tres hombres habían acabado la mitad del tejado ese día.

—Pero no te sientes agradecida.

—Me siento confusa. Ayudarnos tanto no parece propio de ti.

—¿Qué te hace pensar que conoces mi forma de ser?

Ella ganó tiempo dando otro mordisco a la pizza. No quería insultar a Caleb. La había ayudado mucho ese día, al igual que Matt. Pero seguía sin fiarse de él.

—Sé que intentas dejarme sin negocio.

–Me estoy esforzando para no hacerlo.

–Puedes fingir lo que quieras, pero me has amenazado con cerrarme el acceso hasta aquí.

–Aún no lo he hecho y no querría hacerlo, ya te lo he dicho.

–No me creo que yo te preocupe lo más mínimo. Cuando quieres una cosa, te da igual lo que tengas que hacer para conseguirla.

–Reflexiona sobre lo que acabas de decir –dijo él.

–No seas condescendiente.

Caleb mordió la pizza y dio un trago a su refresco. Ella lo imitó. Estaba hambrienta y cansada. Discutir con Caleb era inútil. Recorrió el bar con la mirada.

Noah hablaba con Matt y Melissa con T.J. Noah no dejaba de mirarla. Era obvio que le atraía, pero, de momento, no había hecho nada para demostrárselo. Se mostraba educado con ella, pero no flirteaba.

–¿Se lo has contado a Melissa? –preguntó Caleb.

–¿El qué?

Como no le contestaba, ella se volvió a mirarlo. Y, por su expresión supo a qué se refería. Primero se sintió molesta; después, excitada.

Mordió la pizza con fuerza y habló en tono cortante.

–¿Por qué iba a contarle algo que no ha sucedido?

–Creí que las hermanas se lo contaban todo.

–Menos lo que es irrelevante.

–No puedes fingir que no sucedió.

–Claro que puedo –ese había sido el trato y él había estado de acuerdo–. A eso me refiero al hablar sobre tu carácter: dices una cosa y haces la contraria.

–He tenido una semana para pensar.

–Eres igual que tu abuelo. Un acuerdo entre caballeros, sellado con un apretón de manos, no significa nada para ti.

–Tú y yo no somos caballeros –comentó él bajando la voz–, e hicimos mucho más que estrecharnos la mano.

–Tú, desde luego, no eres un caballero.

–Al menos, soy sincero. No puedo dejar de pensar en ti, Jules.

–¿Por qué no nos limitamos a tomarnos la pizza? –ella tampoco había dejado de pensar en él, pero debía parar. Muchas cosas dependían de que guardaran las distancias.

–¿Vas a decirme que no significó nada para ti? –preguntó él.

–Significó lo que significó. Fue algo que sucedió en un momento y un lugar concretos, nada más.

–No entiendo lo que quieres decir.

–Te acabo de decir que te alejes de mí. Un trato es un trato. Espero que respetes el nuestro.

–Las circunstancias cambian.

Ella se levantó. Ya no aguantaba más.

–Matt –dijo acercándose a él–. Gracias por tu ayuda. Es increíble lo que habéis avanzado.

–De nada. Me alegro de haberos sido útil. Volveré mañana para acabar el tejado.

–No es necesario. Debes de tener mucho trabajo en el puerto.

Matt miró a Caleb esperando una señal.

–Insisto. Al fin y al cabo, somos vecinos.

Jules se sintió inquieta de repente y miró a T.J., que los observaba atentamente. Y miró de reojo a Caleb. Le pareció que se estaba perdiendo algo. Nadie era tan buen vecino sin motivo. Los tres tenían un aire de excesiva inocencia.

–Te ahorrarás un montón de dinero –apuntó Noah.

–Nos estáis siendo de gran ayuda –comentó Melissa. Después se dirigió a su hermana–. ¿Por qué te parece todo mal?

–No me parece todo mal.

–Van a terminar el tejado.

–Pero querrán algo a cambio. No me fío de ellos.

–No seas grosera.

–Te imaginas cosas que no existen –dijo Caleb.

–Sin compromisos –apuntó Matt.

–Yo lo único que he hecho ha sido traer unas pizzas –comentó T.J.

–Tendría que pagártelas –Jules miró a su alrededor buscando el bolso.

Caleb la agarró del brazo.

–Déjalo –le susurró al oído.

Ella observó los rostros de los otros cuatro. T.J. parecía ofendido; Matt, risueño; Melissa, avergonzada; y Noah, sorprendido. Se dio cuenta de que ninguno de ellos sabía lo de Caleb y ella ni que, a cada segundo, él se inmiscuía más en la vida de las hermanas.

Decidió que lo mejor era dejarlo pasar.

–Muy bien. Os agradezco vuestra ayuda.

Todos sonrieron y ella se obligó a hacerlo. Pero sabía que algo terrible iba a pasar.

–¿Quieres decir que estás dispuesto a hacerlo? –preguntó Matt a Caleb.

Habían transcurrido casi dos semanas. Era por la mañana y se hallaban en el muelle del puerto deportivo, donde Matt acababa de inspeccionar uno de sus yates de alquiler más grandes.

–Bernard ya tiene listos los papeles para que los firme. ¿Tú lo harías?

Se había pasado la noche despierto examinando las consecuencias de que rescindiera el derecho de servidumbre del Crab Shack: abogados, un largo contencioso en los tribunales, la ira de Jules, su decepción y su posible bancarrota, ya que se gastaría todo el dinero en luchar contra él.

¿Por qué era tan obstinada?

–Yo ya lo hubiera hecho –contestó Matt.

–¿Ah, sí? –preguntó Caleb, sorprendido.

Matt no era un tipo duro. Solía ser más compasivo que Caleb y T.J., para quien solo existía el dinero.

–Si lo único que me preocupara fuera mi negocio, lo habría hecho. Y sé cuánto te importa el nuevo Neo.

Caleb observó el mar mientras se preguntaba si no estaría comportándose como un estúpido.

–No me hago a la idea de arruinar a Jules.

–Le has dado varias opciones. Ya sabe el riesgo que corre.

–Sigo pensando que tiene que haber otras. Tiene que haber algo en lo que no he pesando que sirva para superar este punto muerto.

La mecánica de Matt, Tasha Lowell se acercó a ellos.

–Ya he revisado el Orca's Run –dijo a Matt.

–¿Está en perfecto estado? –preguntó este–. Es para un cliente de la feria de Berlín.

–Lo sé.

–Ese tipo tiene contactos por toda Europa y puede enviarnos decenas de nuevos clientes. Ese crucero tiene que desarrollarse sin ningún contratiempo.

Tasha miró el cielo como si le rogara que le diera paciencia.

–Ya lo sé. El capitán lo sabe. Todo el mundo lo sabe.

–¿Estás siendo descarada?

–Te estoy poniendo al día. Estás estresando a todo el mundo. El chef Morin le estaba gritando ahora mismo a uno de los administrativos algo sobre el cangrejo de Alaska. El pobre chico ha estado a punto de mojarse los pantalones.

–¿Crees que debería ir a…?

–No, no te metas.

Caleb se estaba divirtiendo con aquella conversación. Aunque Tasha fuera poco diplomática, era inteligente y valiente. Y a Caleb le gustaban esas cualidades.

–Soy el jefe –afirmó Matt.

–Si tienes que recordárselo a tus empleados –dijo Caleb sin poder contenerse– es que algo va mal.

Vio la mueca que hizo Tasha al tiempo que se le iluminaban sus ojos verdes. De pronto se dio cuenta de que era muy guapa.

–Eres una chica –dijo pensando que podía ser una oportunidad de pedirle consejo.

–¿Perdona? –ella pareció ofendida.

–Eres una mujer –se corrigió Caleb, sin saber en qué se había equivocado al decir la primera frase.

–¿Y?

Caleb se dio cuenta de que Tasha no iba a proporcionarle ninguna idea sobre cómo manejar a Jules. El hecho de haber pensado en pedírselo demostraba su grado de desesperación.

–Caleb tiene problemas con una mujer –dijo Matt.

Caleb lo fulminó con la mirada.

–Se trata de un asunto de negocios –explicó Caleb a Tasha, decidido, llegados a ese punto, a intentarlo–. Le he ofrecido un acuerdo razonable, pero ella está dispuesta a que nos aniquilemos mutuamente.

–Supongo que no es un buen acuerdo –respondió Tasha–. Te favorece. Te engañas pensando que no es así, pero ella sabe que lo es.

–Es la única solución –afirmó Caleb ofendido.

–¿Me estás pidiendo consejo o que te cuente el secreto para conseguir que una mujer obstinada cambie de opinión?

Matt soltó una carcajada y ambos lo fulminaron con la mirada.

–Te ha calado inmediatamente –dijo Matt a Caleb.

–Las mujeres no somos testarudas –apuntó Tasha–. Somos inteligentes. Pero a los hombres les molesta que, además de serlo, defendamos nuestros intereses. Creo que ella tiene razón, pero que tú no quieres reconocerlo –una vez dada su opinión, Tasha se dirigió a Matt–. El yate esta perfectamente. Ahora deja que cada cual haga su trabajo.

Dicho lo cual, se despidió con un gesto de la cabeza.

Caleb la observó mientras se alejaba.

–Ha sido…

–¿Castrante? Es la sensación que siempre me produce.

–Iba a decir esclarecedor.

–¿Estás de acuerdo con ella? –Matt parecía sorprendido.

–Estoy de acuerdo con lo que te ha dicho: tiendes a inmiscuirte en el trabajo ajeno.

–Pues yo también estoy de acuerdo con lo que te ha dicho: te saca de quicio que Jules te haga frente.

Matt se equivocaba. Caleb no tenía problema alguno en que alguien defendiera sus intereses. Lo que le frustraba eran sus vacilaciones a la hora de defender los suyos porque sentía algo por Jules.

–Me acosté con ella en San Francisco. Me hizo prometer que olvidaría lo sucedido, pero no consigo dejar de pensar en ella.

—¡Vaya! ¿Se ha acostado contigo? ¿Fue a causa del terremoto?

—¿Me estás preguntando si me aproveché de su vulnerabilidad porque estaba aterrorizada?

—No, claro que no. Tú no harías eso.

—Le gusto. Se siente atraída por mí, eso es evidente, lo cual la pone furiosa. Se defiende con uñas y dientes contra esa atracción. Es muy graciosa e inteligente. Y muy descarada. A diferencia de ti, a mí me gustan las mujeres descaradas.

—A mí también —afirmó Matt.

—¿Te gusta Tasha?

—No, Tasha es… distinta. Y no estamos hablando de mí. ¿Te estás enamorando de Jules?

—No lo sé. Si fuera otra persona, revocaría el derecho de servidumbre, la vería en los tribunales y agotaría sus recursos hasta que estuviera dispuesta a llegar a un acuerdo.

—Pero no se trata de otra persona.

—Eso es lo que pasa. No quiero que me odie ni tampoco destrozarla. En el fondo, deseo que el Crab Shack tenga éxito. Y no solo por Jules, sino porque sería una especie de compensación por lo sucedido con su abuelo.

—Tu familia se portó mal con los Parker.

—Según Jules, es peor de lo que pensaba. Mi padre… Digamos que Roland Parker tuvo buenos motivos para darle un puñetazo.

—¿Qué vas a hacer? —preguntó Matt.

—Sinceramente, no lo sé. He pensado hablarlo con Melissa.

—Melissa parece una persona estupenda.

—Es la más razonable de las dos. Pero Jules ya me ha advertido de que no trate de ganarla para mi causa, y yo se lo he prometido.

—¿Por qué se lo prometiste?

—Porque era la única forma de que me acompañara a San Francisco –quería estar a solas con ella, pero las cosas no habían salido como esperaba, sino mejor, mucho mejor.

Sin embargo, las consecuencias lo estaban destrozando.

Capítulo Ocho

Eran casi las nueve de la noche. Jules y Melissa habían salido del Crab Shack y volvían a casa. El cielo estaba cubierto y se había levantado viento. Se avecinaba una tormenta. El sonido de la camioneta de Noah se fue desvaneciendo hasta desaparecer. Habían estado puliendo el suelo de madera. Jules estaba cansada. Ojalá tuvieran bañera en casa. Daría lo que fuera por estar en el agua durante una hora antes de acostarse.

Recordó la bañera gigante del hotel de San Francisco. Pero rechazó el recuerdo rápidamente. No quería pensar en Caleb.

—¿Pasó algo cuando fuiste a ver a papá? —preguntó Melissa de pronto.

—¿A qué te refieres?

—Desde que volviste, se te ve triste. ¿Se puso muy pesado?

—No más de lo habitual. En su opinión, tengo la culpa de que te estés descarriando.

—Sabes que no es verdad.

—A veces me pregunto si estarías aquí de no ser por mí —dijo Jules tomándola del brazo.

Melissa podía trabajar en la industria con su licenciatura. Era Jules la que había estudiado para ser chef y la que había prometido a su abuelo que volverían a abrir el Crab Shack.

—Eres la más apasionada de las dos.

—¿Te lo has pensado mejor? —preguntó Jules.

—No, pero reconocerás que estamos muy mal de dinero. Y últimamente pareces cansada.

—No estoy cansada. Bueno, ahora mismo sí, pero porque llevamos trabajando en el suelo todo el día.

—¿Estás segura de que solo es eso?

—Totalmente —no estaba realmente desanimada y nada en el mundo interferiría en su entusiasmo por el Crab Shack, ni Caleb ni nadie.

—Porque tenemos otras opciones.

Jules, inquieta, se detuvo y miró a su hermana.

—¿Qué quieres decir?

Melissa siguió andando y Jules no tuvo más remedio que seguirla.

—Hoy, Noah me ha dicho algo interesante. Yo estaba hablando… Bueno, estaba flirteando con él, pero creo que sin mucho resultado. Me comporto como una colegiala, y él parece no darse cuenta.

—Te gusta, ¿verdad?

—¿Y a quién no? Es tan… No sé. Es tan tranquilo. Nada lo altera. Lo has notado, ¿verdad?

—No le he prestado mucha atención.

—Es muy eficaz. Le cunde mucho el trabajo.

—Ha sido una suerte que lo hayamos contratado —afirmó Jules.

—Y sus manos… Me encantan. Tienen cicatrices y callos; son grandes, pero muy bonitas.

Jules sonrió ante las palabras de su hermana.

—Pero no se fija en mí.

—Puede que te estés esforzando demasiado. A los hombres suele gustarles lo que está fuera de su alcance. Que no se te note tanto. Deja que sea él quien te persiga.

—¿Y si no lo hace?

—Estarás donde estás ahora.

—Lo intentaré. Como te decía, se le ha ocurrido una buena idea.

—Cuéntamela.

—Cree que debiéramos plantearnos la posibilidad de vender el Crab Shack a Caleb.

—¿Por qué? —preguntó Jules parándose en seco—. ¿Por qué iba a querer él comprarlo?

—Noah cree que Caleb nos daría trabajo en el Neo. Tú podrías ser chef y yo entrar en el equipo de dirección. Podríamos poner como condición del acuerdo de venta que nos diera un empleo.

Jules no daba crédito a sus oídos.

—¿Lo sobornaríamos para que nos diera trabajo? ¿Ayudaríamos a los Watford a que el Neo tuviera aún más éxito renunciando al Crab Shack? —Jules se preguntó cómo hubiera reaccionado su abuelo—. Sabes que Caleb lo demolería.

—Tenemos que ser realistas.

—Lo somos.

—¿En serio? No hemos tenido en cuenta los gastos que tendremos si ponemos una denuncia.

—Nos las arreglaremos.

—Noah dice…

–¿Qué pasa con Noah? Es carpintero. ¿Qué sabe él de cómo dirigir un restaurante? Sé que te sientes atraída por él, pero eres tú la que tienes un título universitario.

Por su expresión, Jules se dio cuenta de que sus palabras habían herido a Melissa.

–Esto no tiene nada que ver con que me atraiga.

Jules comenzó a sentirse fatal.

–Lo siento. Solo intento entender por qué Noah…. –y de pronto cayó en la cuenta de que aquella idea no era de Noah, sino de Caleb, que debía de estar utilizándolo para que se la transmitiera a Melissa y esta lo hiciera a Jules. Cerró los ojos, negando con la cabeza.

–Lo siento –repitió abriendo los ojos. No tenía sentido hablar de ello con nadie, salvo con Caleb, ya que los demás eran inocentes–. Es una propuesta interesante. No debería haberme alterado de ese modo. Pero creo que aún no debemos darnos por vencidas. Lo del derecho de paso puede ir más despacio de lo que creemos. Es posible que sea un farol.

–¿Tú crees? –preguntó Melissa en tono dubitativo.

–Cabe la posibilidad. No debemos tomar decisiones apresuradas –habían llegado a la casa, pero Jules estaba demasiado nerviosa para entrar–. Voy a caminar un poco más.

–Estás enfadada conmigo.

–No, y siento haberlo parecido. Esto es decisión de las dos.

–Solo era una idea.

—Voy a ver si me despejo un poco. Vuelvo dentro de un rato.

Jules no estaba enfadada con su hermana ni con Noah. Solo había un culpable, que iba a tener que darle muchas explicaciones.

Caleb no solía beber coñac. Su bebida preferida era la cerveza, pero el coñac lo tranquilizaba. Firmaría los documentos esa noche. Al día siguiente, Bernard los llevaría al ayuntamiento y quedaría rescindido el derecho de servidumbre del Crab Shack. Después, sería cosa de Jules llevarlo a los tribunales. Necesitaría un abogado al que no podía pagar. Y nunca perdonaría a Caleb.

Recostado en el sofá, miraba el mar. La lluvia chocaba contra las ventanas. Se oía música de jazz a bajo volumen, lo cual también lo tranquilizaba.

Alguien llamó con fuerza a la puerta. Caleb consultó su reloj preguntándose quién sería. Volvieron a llamar. Se levantó. Abrió la puerta. Era Jules. Estaba mojada por la lluvia y parecía enfadada.

—¿Qué pasa? –preguntó él. Jules no podía saber nada del derecho de servidumbre, ya que solo Bernard sabía que había firmado los documentos.

—Quiero que seas sincero conmigo. ¿Estás utilizando a Noah para tus propios fines.

—Entra –dijo Caleb, desconcertado. Ella lo hizo.

—Habíamos llegado a un acuerdo. Me lo prometiste.

—Estás empapada. Ven a secarte.

–¿Qué más da que esté mojada?

Caleb fue al cuarto de baño de invitados y le llevó una toalla. Ella no la quiso.

–¿Cómo has podido?

–¿Qué crees que he hecho? –preguntó él poniéndole la toalla sobre los hombros. Sintió el impulso de secarle el cabello.

–No te hagas el tonto –Jules agarró la toalla por los extremos y se alejó de él–. Has manipulado a Noah. Le ha dicho a Melissa que lo mejor que podemos hacer es venderte el Crab Shack.

Caleb se dijo que era una idea brillante, pero no era suya. ¿Cómo no se le había ocurrido? Si compraba el local, sus problemas se solucionarían y Jules y Melissa tendrían dinero para montar el negocio que desearan.

–No he sido yo quien se lo ha sugerido a Noah.

–Vamos, Caleb. Ya sabía yo que trabajar gratis en el tejado era demasiado bonito para ser verdad. Matt y tú habéis tenido dos días para ganaros a Noah para vuestra causa.

–No lo hemos hecho. Si hubiera querido comprarte la propiedad, te lo hubiera dicho directamente.

–Me gustaría creerte.

–Hazlo.

Jules no tenía buen aspecto.

–¿Te encuentras bien?

–No. Intentas arruinar mi sueño.

Caleb no podía rebatírselo, pero Noah no tenía nada que ver.

–He sido sincero contigo sobre mis deseos e intenciones. ¿Por qué iba a maniobrar ahora a tus espaldas? ¿Por qué iba a utilizar a Noah, a quien apenas conozco?

–Porque pensaste que serviría de algo.

–Lo que servirá de algo será rescindir el derecho de servidumbre.

–Pero no para eliminar la cláusula de inhibición de la competencia.

–Pero te verás contra las cuerdas –Caleb cedió a su impulso, agarró la toalla de sus hombros y comenzó a secarle el cabello–. Tendrás que ceder. No te va a quedar más remedio.

Ella pareció no darse cuenta de lo que hacía.

–Podría ganarte en los tribunales.

–No ganarás, Jules. Te quedarás sin dinero antes de la primera vista. Es una solución fácil para mí. ¿Por qué iba a recurrir a Noah?

–¿Para ir más deprisa?

–No se me había ocurrido. Puede que fuera más rápido, pero no lo he hecho. Sea lo que sea que tu hermana te haya contado o que Noah haya dicho, no tiene nada que ver conmigo. He trabajado en el tejado para evitar la posibilidad de que te mataras. Y punto.

Ella hundió los hombros.

–¿Así que Noah también está contra mí?

Caleb dejó de secarle el cabello y volvió a colocarle la toalla en los hombros.

–Noah intenta ayudarte. Se ha dado cuenta de que te encuentras en una situación imposible.

–No es imposible –apretó los labios–. No puede serlo.

Caleb se ordenó dejar de mirarle los labios.

–¿Y Melissa? ¿Qué pensará? Fue ella la que me comentó la idea –añadió Jules.

–Parece que ella quiere vender. No está tan comprometida como tú –observó Caleb. Esperaba que aceptaran la sugerencia de Noah y que vendieran. De ese modo, él no tendría que ser el malo de la película, no tendría que rescindir el derecho de servidumbre. La sola idea lo animó.

–¿Cómo voy a enfrentarme también a Melissa, después de haberme enfrentado a mi padre y a ti?

Caleb la abrazó. Para su sorpresa, Jules no opuso resistencia y apoyó la cabeza en su hombro.

A Jules la parecía increíble que estuviera llorando, pero lágrimas de obstinación mojaban la camisa de Caleb. Había aceptado que él no mentía. Se sentía asediada por todos. Por primera vez, consideró la posibilidad de estar equivocada.

Trató de controlar la emoción y las lágrimas. Derrumbarse delante de Caleb era lo peor que podía hacer. Sin embargo, no podía parar ni renunciar al consuelo de su abrazo.

Le parecía que había dos hombres distintos en Caleb. Cuando se hallaba cerca de él, le parecía sólido como una roca y compasivo, y lo único que deseaba era apoyarse en él y no pensaba que quería destruirla. Cuando se alejaba de él, no veía su amabilidad: solo que era su enemigo.

En aquel momento necesitaba poner distancia

entre ambos. Pero él la abrazaba estrechamente y ella necesitaba unos minutos más para recuperar fuerzas.

–No pasa nada –susurró él besándole el cabello.

–Claro que pasa –respondió ella con voz trémula.

–Debes darte un respiro y dejar de luchar.

–No puedo.

–Solo unos minutos.

–Relájate –Caleb le frotó la espalda.

Ella sintió que le bajaba la tensión. Los miembros comenzaron a pesarle. Él debió de notarlo, ya que la tomó en brazos. Ella no tenía fuerzas para protestar y cerró los ojos. Ya tendría tiempo de seguirse peleando más tarde.

Él se sentó en el sofá y la colocó en su regazo.

La tormenta había estallado y la lluvia golpeaba con fuerza contra las ventanas y casi ahogaba el sonido de la música.

Ella se quedó quieta mientras escuchaba los latidos del corazón de Caleb. Él no dijo nada. El calor de su cuerpo se filtró por la ropa mojada de ella.

Al cabo de un rato, ella echó la cabeza hacia atrás para mirarlo. Él la miró a los ojos con expresión compasiva y le acarició la mejilla con el pulgar. Después, le retiro el cabello del rostro y buscó sus labios. A ella se le aceleró el pulso. Cuando la besó, se apretó contra él y lo abrazó.

–¿Te parece bien? –preguntó Caleb.

–No, pero no pares –susurró Jules.

–Encontraremos una solución.

–No lo haremos, pero eso ahora no importa. Solo importa esto.

Él volvió a besarla. De pronto, a ella le pareció que le sobraba la ropa. Se tiró con impaciencia de los cordones de las botas y se las quitó. Dejó de besar a Caleb para quitarse la camiseta. Él la imitó y la atrajo hacia sí. Una vez tomada la decisión de hacerlo, ella se limitó a dejar que sucediera. La vez anterior se habían apresurado; ahora iban a saborearlo. Besó a Caleb apasionadamente mientras lo acariciaba.

Él pareció notar lo que ella quería, ya que fue descendiendo lentamente desde su cuello hasta su ombligo, lo que hizo que se desbocara en ella el deseo que la consumía. Caleb la desnudó lentamente y se desnudó. Después la tumbó de espaldas en el sofá e hicieron el amor sin prisas.

La lluvia caía con más fuerza, la habitación estaba caldeada. Jules sentía la suavidad del cuero del sofá en la piel.

Sus cuerpos se unieron y a ella la invadió el olor de Caleb. Sus sentidos se llenaron de su sabor y su tacto. Sintió su respiración junto al oído, cada vez más profunda, más fuerte y más rápida. Le siguió el ritmo hasta que comenzó a elevarse, a flotar de pura dicha entre embestidas, antes de alcanzar el clímax y gritar su nombre.

Ninguno de los dos habló. Él se giró para situarla encima y la cubrió con su camisa. Ella no tenía frío, pero le gustó el gesto. Por primera vez en muchos días, se sintió en paz.

***

Caleb, de buen grado, hubiera tenido a Jules dormida encima de él para siempre. Pero, antes o después, alguien vendría. En ese momento sonó el teléfono de ella. Como el sonido era suave, no alteró su sueño.

Él sonrió y la besó en la sien. Cuando consiguió salir de debajo de ella, Jules se acomodó sobre los cojines.

Caleb sacó una manta de un armario, se la echó por encima y le retiró suavemente el cabello del rostro. Después dio unos tragos de coñac, que le supieron a gloria.

Supuso que sería Melissa. Agarró su móvil y buscó la llamada que había hecho Jules a su hermana desde San Francisco. Guardó el número en sus contactos y la llamó.

–Hola, Melissa, soy Caleb.

–¿Caleb? –Melissa pareció sorprenderse.

–Solo quería decirte que Jules está aquí.

–¿Dónde es aquí?

–En mi casa. Ha pasado a verme.

–No lo entiendo. Me dijo que iba a dar un paseo. ¿Qué pasa, Caleb?

–Estaba enfadada.

–¿Conmigo? –preguntó Melissa consternada.

La pregunta extrañó a Caleb. Se dirigió a la cocina para continuar la conversación.

–No, conmigo.

–¿Qué habías hecho? Un momento, ¿por qué sigue ahí? ¿Por qué no me ha llamado ella?

Él no iba a entrar en detalles.

–Hemos discutido, pero ella ha acabado tranquilizándose. Debía de estar agotada, porque se ha quedado dormida en el sofá.

Se produjo un silencio al otro lado de la línea. Ni siquiera se oía a Melissa respirar.

–¿Melissa?

–¿Estás seguro de que no estaba enfadada conmigo?

–Totalmente –Caleb se sentó y dejó la copa de coñac en la mesa.

–¿Qué le habías hecho?

–Creía que había coaccionado a Noah para que os convenciera de que me vendierais el Crab Shack.

–No, fue idea suya. Tú no harías algo así, ¿verdad?

–No, Melissa. Aunque estemos enfrentados, yo juego limpio.

–No sé por qué, pero te creo.

–Gracias –significaba mucho para él.

–¿Comprarías el Crab Shack si Jules estuviera dispuesta a venderlo?

Él recordó la promesa que le había hecho a Jules de no utilizar a Melissa, pero antes de que pudiera contestarle, ella le hizo otra pregunta.

–¿Crees que es buena idea?

–A mí me parece fantástica. Compraría la propiedad sin pensarlo ni un segundo. Pero Jules tiene las ideas muy claras al respecto.

–Ya lo sé. A veces creo que le ciega el amor por nuestro abuelo.

–¿Y qué es lo que quieres tú?

–Sobre todo, que Jules sea feliz.

–Aunque no lo creas, yo también quiero que lo sea.

–¿Qué vamos a hacer?

A pesar de que a Caleb le hubiera encantado aprovechar aquella oportunidad, su conciencia se lo impidió.

–No soy la persona más adecuada para decírtelo. Hay un conflicto de intereses. Pero te aseguro que rescindiré el derecho de servidumbre.

–Eso es lo que dice Noah, que ya estás muy metido en el proyecto y que no puedes retroceder.

–Parece una persona sensata.

–Nunca he conocido a nadie como él.

Caleb pensó que Noah era un tipo afortunado.

–¿Qué es lo que quieres? –repitió Noah.

–Ayudar a dirigir un negocio. Utilizar el título que tengo en algo práctico. Contribuir significativamente a que algo tenga éxito.

–Pero no tiene necesariamente que ser el Crab Shack.

–No estoy tan comprometida con el proyecto como Jules.

–Podríamos… –Caleb se mordió la lengua.

–No quieres que Jules crea que nos estamos confabulando contra ella, ¿verdad?

–No, aunque sea por su propio bien.

–¿Te parece que obligarla a darse por vencida es por su propio bien?

–Creo… Mejor dicho, sé que no va a ganar esta batalla.

–A menos que seas tú el que abandone.

–¿Por qué iba a hacerlo?

–Estoy empezando a adivinar la respuesta –contestó Melissa en tono risueño.

Cuando dejaron de hablar, Caleb se dirigió por el pasillo al salón, pero se detuvo cuando pudo ver a Jules. Era muy hermosa. Le resultaba increíble que hubieran hecho el amor por segunda vez y que ella estuviera allí.

Se quedó mirándola largo rato.

Tenía que haber un camino que pudieran recorrer juntos. Más que nunca, en aquel momento necesitaba hallar la forma de que ella compartiera su futuro.

Capítulo Nueve

Jules tardó unos segundos en darse cuenta de que seguía en el salón de Caleb. Estaba cómoda y caliente. Seguía desnuda.

La invadieron los recuerdos de la noche anterior y supo que había cometido un error garrafal al enfrentarse a él. Aunque el resultado hubiera sido haber hecho el amor de forma maravillosa, tenía sentimientos más encontrados que antes.

Se sentó y vio su ropa doblada en una silla. Agradeció el gesto de Caleb y se vistió a toda prisa. Quería salir sin ser vista y volver a casa, pero eso sería una cobardía. A lo hecho, pecho. Fingir que no había sucedido no iba a hacer que desapareciera.

Oyó ruidos en el pasillo y supuso que procedían de la cocina. Se armó de valor y se dirigió con paso firme hacia allí.

Caleb se hallaba en la amplia y luminosa cocina sirviéndose un café. Alzó la vista y la miró.

—No sé que decir —dijo ella.

—¿Qué te parece «buenos días»?

—Buenos días —se había tranquilizado al ver la actitud relajada de Caleb.

—¿Quieres café?

—Si, por favor.

Él agarró otra taza y se lo sirvió.

–¿Quieres leche o azúcar?

–Solo está bien.

Él se le acercó con una taza en cada mano.

–¿Has dormido bien?

–Como un tronco.

–Me alegro –Caleb sonrió.

La educada charla la estaba poniendo cada vez más nerviosa.

–No sé lo que pasó anoche, Caleb.

–¿No lo recuerdas o no sabes a qué se debió?

–Lo recuerdo perfectamente –se tomó el café con la esperanza de que el cerebro comenzara a funcionarle.

Él le señaló una mesa redonda de madera, con cuatro sillas, situada junto a un ventanal. La tormenta había pasado y el sol estaba saliendo e iluminaba el mar en calma.

–¿Qué quieres hacer? –preguntó él mientras se sentaban.

–Nada. Irme a casa, volver a… –pensó en su hermana–. Melissa estará preocupada –era extraño que su hermana no la hubiera llamado.

–Hablé con ella anoche.

Jules se sentía ansiosa y avergonzada.

–¿Qué le dijiste?

–Que estabas enfadada, que nos habíamos peleado y que, como estabas agotada, te habías quedado dormida en el sofá.

–¿Nada más?

–Nada más.

Iluminado por la luz matinal, Caleb parecía más un amigo que un enemigo. Ese era el Caleb que ella debía evitar, si quería conservar el juicio.

–También le dije que creías que había hablado con Noah para que os convenciera de que me vendierais el terreno. Y añadí que no era cierto.

Jules asintió. La noche anterior ya había creído que él no mentía.

–Si vamos a seguir haciendo esto…

–No vamos a seguir haciéndolo.

–Es lo que decimos, pero luego…

–Esta vez es verdad.

–Debería haber utilizado protección, pero seguro que tú usas algún método anticonceptivo, ¿no?

Ella estuvo a punto de decirle que no era asunto suyo, pero se dio cuenta de que no era verdad.

–Inyecciones de hormonas. No son específicamente para controlar la natalidad –explicó Jules. No quería que se hiciera una idea equivocada de su vida sexual, inexistente hasta que había aparecido él–. Pero tienen ese efecto.

–Muy bien.

–Caleb –le advirtió ella. No vamos a…

–Ya te he oído –afirmó él dejando la taza vacía en la mesa–. Me gustas, Jules.

Ella no quería oírlo. No quería cometer una estupidez a causa de Caleb, aunque la verdad era que, si se dejase llevar por sus sentimientos, lo arrastraría en aquel momento a la cama.

–Me siento tremendamente atraído por ti –dijo él mirándola a los ojos–. Y…

La puerta de entrada se abrió y volvió a cerrarse.

–¿Caleb? –era Matt.

Presa de pánico, Jules dejó de respirar.

–Ya lo sabe –dijo Caleb.

El pánico de Jules aumentó.

–¿Cómo? –se levantó.

–Es mi amigo íntimo.

–Yo ni siquiera se lo he contado a mi hermana –susurró ella mirándolo con dureza.

–No se lo he contado a nadie más –susurró él a su vez.

–¿Crees que por eso voy a sentirme mejor?

–Buenos días, Caleb –dijo Matt entrando en la cocina–. Ah, buenos días, Jules.

–Yo… yo… –tartamudeó Jules sin saber qué decir.

–Esto no es lo que parece –comentó Caleb.

–No es asunto mío –observó Matt.

Jules hizo otro intento.

–Tenemos una…

–Relación de amor odio –Caleb completó la frase.

–De lujuria, amor y odio –puntualizó ella. No valía la pena fingir.

–No me interesa –dijo Matt sirviéndose un café.

–Eres el único que lo sabes –afirmó Jules–. Ni siquiera Melissa lo sabe.

–No voy a contárselo a nadie.

Jules era consciente de que el problema no era que Matt fuera a contarlo o no, sino sus sentimientos encontrados con respecto a Caleb y cómo controlarlos. Su otro problema, aún más importante, era cómo volver a abrir el Crab Shack.

–¿Necesito un abogado? –preguntó a Caleb cambiando de tema.

–Mi abogado va a rescindir hoy el derecho de servidumbre.

–¿En serio? –preguntó Matt–. Creí que solo era una amenaza.

–Yo nunca pensé que lo fuera –apuntó Jules–. Siempre he sabido que hablaba en serio.

–No me has dejado otra opción –dijo Caleb.

–Tenías otra opción. Podías haber seguido viviendo con diecisiete restaurantes Neo y los millones que te proporcionan.

–No se trata de dinero.

–Si no se tratara de dinero, no estarías haciendo esto.

–¿Y tú? También tenías la opción de que el Neo y el Crab Shack convivieran en armonía.

–Eso no es una opción, sino un miembro de la familia Watford intentando engañar a uno de la familia Parker. Es la historia que se repite. Es lo que quería solucionar cuando vine aquí.

–Estás totalmente equivocada –Caleb la miró con expresión sombría.

–Me equivoco mucho –dijo ella–. Pero no en esto –retrocedió dos pasos e intentó ver al Caleb distante, al que despreciaba, el que quería hacerle daño. Pero no le sirvió de nada. Ya no podía dividirlo en dos. Ya no veía a su enemigo. Solo veía a Caleb.

***

–Gracias por hacerlo –le dijo Caleb a Matt una semana después, mientras observaban a Noah subir la escalera de la terraza del puerto deportivo.

–¿Estás seguro de que es tu aliado? –preguntó Matt.

–Eso espero.

–¿Jules sigue sin hablarte?

–Ni siquiera puedo acercarme a ella –y Caleb, desde luego, lo había intentado.

Desde que su abogado había presentado los documentos, ella se negaba a tener que ver nada con él. La zanahoria no había funcionado, pero el palo había supuesto un fracaso mayor. Si no se le ocurría otra cosa, Jules perdería todo su dinero y él no tendría la posibilidad de explorar lo que sentían el uno por el otro.

–Hola, Noah –Caleb lo saludó y le tendió la mano–. Gracias por venir.

–Me dijiste que era por trabajo.

Matt señaló las sillas y los tres se sentaron.

–Melissa me contó lo que le habías sugerido –dijo Caleb.

–¿Qué le sugerí? –preguntó Noah en guardia.

–Que me vendieran la propiedad. Buena idea.

–No tiene nada que ver con lo que sea mejor para ti –observó Noah.

–Lo sé –Noah pensaba en lo que podría beneficiar a Melissa cuando hizo la propuesta–. Pero Jules no lo acepta.

–Me lo imagino.

–¿Te ha explicado Melissa lo que pasó?

–¿Que Jules creyó que yo era tu peón? Sí, me lo contó. Sabes que eso no va a pasar. Así que si esta reunión era por eso… –Noah hizo ademán de levantarse.

–No –le aseguró Caleb.

–¿Quieres una cerveza? –preguntó Matt a Noah.

–¿Vas a pedirle a Melissa que salga contigo? –preguntó Caleb.

–No.

–¿Por qué no?

–Voy a por la cerveza –comentó Matt, que se levantó y se dirigió al bar.

–Porque ella tiene un título universitario y yo soy un expresidiario que no ha pasado de la escuela secundaria.

–Pero eres un buen carpintero.

–¿Te imaginas qué pensará su padre si me lo presenta?

Matt les dio una lata de cerveza a cada uno y se sentó.

–No te subestimes.

–Seguro que no me has hecho venir para decirme eso.

Caleb tenía otros motivos.

–Si Jules no quiere trabajar conmigo, ¿estarías dispuesto a trabajar en el Neo? –Caleb sabía que Jules y Melissa respetaban a Noah. Caleb, además, admiraba su trabajo y deseaba una solución válida para todos.

–O trabajar para mí –intervino Matt–. Si te quedas sin trabajo en el Crab Shack, tengo mucho trabajo aquí, en el puerto deportivo, para un buen carpintero.

–Aunque creo que tienes razón, que las hermanas deberían venderte la propiedad, no van a hacerlo –dijo Noah a Caleb.

–No puedo darme por vencido –observó Caleb–. Melissa me ha dicho que le gustaría trabajar en el Neo.

–Melissa no es Jules.

–Voy a seguir intentándolo.

–Pues buena suerte –dijo Noah al tiempo que se levantaba.

–Pídele a Melissa una cita –le dijo Matt–. No me gusta que no te atrevas a hacerlo por tu pasado.

–Está divorciado –apuntó Caleb–, así que puede que no sea el más indicado para dar consejos sobre las mujeres. Pero estoy de acuerdo con él –había visto cómo se miraban Melissa y Noah. Se merecían una oportunidad.

–Divorciado o no –dijo Noah sonriendo– prefiero seguir su consejo al tuyo. Nunca había visto a un hombre meterse en un lío semejante por una mujer.

–Si no consigo que cambie de opinión… –comentó Caleb.

–Te costará un millón de dólares –dijo Matt.

–No iba a decir eso.

–No vas a conseguirlo –le aseguró Noah–. Y Matt tiene razón: eres tú el que te hundirás.

Matt se echó a reír.

Antes de que Caleb pudiera rebatirlo, Noah se había ido.

–Noah me ha pedido que salga con él –Melissa sonreía de oreja a oreja mientras sacaban brillo a los apliques de cobre que habían colocado sobre la barra del restaurante. Bajó la voz y miró de reojo a Noah, que trabajaba en la terraza–. Tu plan ha funcionado. Me he mantenido distante y me he hecho de rogar durante una semana.

Jules se esforzó en sonreír. Se alegraba mucho por ella.

–Enhorabuena. ¿Adónde vais a ir?

Jules no quiso compadecerse de sí misma en ese momento. Llevaba toda la semana evitando a Caleb.

–A cenar y a una discoteca. Es sábado. Iremos a Olympia.

–¿Qué te vas a poner?

–Tu vestido negro –Melissa tomó una gamuza de un montón y abrió un bote de un producto para limpiar metales. La mano se le había recuperado por completo–. Intentaré no estropeártelo.

–Me parece bien. Y no me quejaré si lo haces.

Melissa no se rio, por lo que Jules alzó la vista. Su hermana tenía los ojos como platos.

–Papá –dijo Melissa.

A Jules no le extrañó que estuviera preocupada.

–La reacción de papá es otra…

–Hola, papá –dijo Melissa en tono alegre.

Jules se volvió y vio a su padre en el umbral de la puerta. Las miraba con cara de pocos amigos.

Iba sin afeitar, lo cual no era habitual. Llevaba una camisa con el cuello abierto, unos pantalones de trabajo y las viejas botas de costumbre.

–¿Te pasa algo? –preguntó Jules. No podía imaginarse qué le había hecho aparecer sin avisar.

Roland miró a su alrededor con desprecio.

–¿Te gusta? –preguntó Melissa. Su tono seguía siendo anormalmente alegre.

–Es peor de lo que pensaba.

–Va a quedar estupendo –afirmó Jules tratando de contener la indignación–. Hemos ampliado las ventanas y pulido la barra. También el suelo, además de cambiar la instalación eléctrica.

–Y os habéis gastado todo el dinero.

–Todavía no.

–Tenemos un presupuesto –intervino Melissa–. Y nos ha ayudado mucho… –miró por la ventana buscando a Noah–. ¿Dónde está Noah? Estaba ahí fuera.

–¿A qué has venido, papá? –preguntó Jules dejando el paño y separándose de la barra.

–Teníais correo –levantó una mano, en la que llevaba un gran sobre de papel Manila.

–¿Has venido desde Portland para entregarnos el correo? –Jules no se lo creía.

–Y para haceros entrar en razón. Pero veo que ya es tarde. El daño está hecho.

–¿El daño? –Jules levantó la voz–. ¿Así es como calificas nuestro trabajo?

–Lo llamo locura.

–Si esa es la única razón de que hayas venido…
–Jules estaba dispuesta a echarlo.

–Por favor, no discutáis –rogó Melissa.

Roland avanzó unos pasos y dejó el correo en la mesa más cercana.

–Entonces, debéis entrar en razón.

Jules se cruzó de brazos. Como siempre que su padre estaba de mal humor, quería proteger a su hermana.

–Ya hemos hablado de eso.

–¿Algún problema? –preguntó Caleb desde la puerta.

Roland se volvió y Caleb lo reconoció inmediatamente. Frunció el ceño y lanzó un bufido.

–Eres de la familia Watford –le espetó Roland.

–Soy Caleb Watford, señor Parker –Caleb vaciló un instante, pero avanzó con la mano tendida.

Roland no se la estrechó.

–¿Qué demonios haces aquí? –le preguntó. Después, lanzó una mirada acusadora a Jules–. ¿Qué demonios hace aquí?

–Señor Parker… –dijo Caleb.

–Estoy hablando con mi hija, no contigo.

–Es vecino nuestro –apuntó Melissa en tono conciliador–. Matt, el dueño del puerto deportivo, y él nos han ayudado a…

–¿Habéis aceptado la ayuda de uno de los Watford? –preguntó Roland. Se había puesto muy colorado.

–Yo no soy mi padre –dijo Caleb con voz profunda.

–¡Fuera de aquí! –gritó Roland.

–Querría disculparme en nombre de mi familia.

–¿No me has oído? –preguntó Roland cerrando los puños–. ¿Quieres que te lo repita?

–No vamos a resolver esto si no lo hablamos.

–No vamos a resolver nada porque no hay nada que resolver –Roland dio un paso hacia él–. Vete de aquí y no te acerques a mi familia.

–¡Papá! –exclamó Melissa horrorizada.

A Jules le entraron ganas de vomitar.

–Ya veo que no es el momento adecuado –comentó Caleb dando un paso hacia atrás.

–No va a serlo nunca.

Caleb se marchó.

Jules salió de su estupor. Caleb debía de tener un buen motivo para haberse presentado. Hasta ese momento, había respetado el deseo de ella de que no se le acercara.

–Caleb, espera –gritó al tiempo que salía corriendo detrás de él. Su padre intentó detenerla, pero ella lo esquivó–. Caleb –gritó de nuevo.

Él se detuvo en el aparcamiento.

–¿A qué has venido? –preguntó ella deteniéndose a unos metros de él. Deseaba lanzarse a sus brazos. Lo echaba mucho de menos.

–Se ha fijado la fecha del juicio –contestó él en tono distante–. Es el lunes que viene. He venido a darte la última oportunidad de llegar a un compromiso. ¿Cuándo ha llegado tu padre?

–Ahora mismo. Ha venido a decirnos que somos estúpidas, que deberíamos dejar de hacer tonterías e irnos a casa con él.

Caleb soltó una risa seca.

–Qué ironía que él y yo coincidamos en algo.

–Lo siento. A veces es muy testarudo. Nos quiere mucho, pero no ve más allá de... Bueno, ya sabes a lo que me refiero.

–Y tú, Jules, ¿puedes ver más allá de aquello?

Ella ya lo había hecho, pero no iba a confesárselo.

–No mientras sigas pisoteando mi sueño.

–Me lo temía –Caleb abrió la puerta de su coche–. Nos veremos en el juicio.

Se marchó, y ella se sintió como si le hubieran dado una paliza. Por primera vez en muchos años, se preguntó si no tendría razón su padre y habría cometido una estupidez al tratar de volver a abrir el Crab Shack; si no tendría razón Caleb y debería anular la cláusula de no competencia en vez de ir a los tribunales y gastarse todo el dinero.

También cabía la posibilidad de que Noah estuviera en lo cierto y que lo mejor fuera vender la propiedad a Caleb y, con el dinero, Melissa y ella podrían buscar otra cosa en algún sitio donde no volviera a ver a Caleb.

¿Y qué pensaría su hermana? ¿Cómo iba Jules a saber lo que era acertado? ¿Cómo iba a poder elegir?

Noah estaba sentado al volante de su camioneta, aparcada al principio del camino de acceso al Crab Shack. Caleb aparcó a su lado y desmontó. Al verlo, Noah bajó la ventanilla.

—¿Qué haces ahí? —preguntó Caleb.

—Portarme como un cobarde.

—¿Por qué? ¿Qué ha pasado?

—Ha venido su padre. Me he acercado hasta el restaurante y lo he visto.

—A mí me acaba de echar de allí.

Noah apretó los dientes.

—No quiero poner a Melissa en esa situación. No quiero que tenga que explicarle a su padre quién soy.

—Entonces, ¿le has pedido que saliera contigo?

—Sí.

—¿Y ha accedido?

—Estaba muy nerviosa. Yo también.

—¿Y qué vas a hacer ahora? ¿Partirle el corazón? No me digas que tienes miedo de su padre.

—Me enfrentaría a cien tipos como él. Quiero proteger a Melissa, no a mí mismo.

—Pues estás cometiendo un error.

Si Noah se enfrentaba a Roland, tal vez resultara vencedor. Tenía una buena explicación para sus antecedentes penales. Y no pertenecía a la familia Watford.

—Debes luchar por ella.

—Quiero hacerlo —Noah asintió.

—Te está esperando. Además, ¿qué hombre no se ha peleado de un modo u otro con el padre de una mujer?

—No así.

—Pero podría ser peor. Mírame.

—¿Las cosas van mal con Jules?

–Van mal y empeoran de día en día.

–Al menos, tú eres rico y has triunfado en la vida.

–Al menos, tu familia y la de Melissa no se odian a muerte. No sé lo que habrás oído…

–Algo, lo esencial.

–Pues como Roland Parker acaba de conocerme, creo que tú, en comparación, le vas a parecer mucho mejor.

–Soy un cobarde –afirmó Noah negando con la cabeza.

–Estás protegiendo a Melissa, pero de modo equivocado. Vuelve allí.

–Sí –dijo Noah girando la llave de contacto. Arrancó y se alejó entre una nube de polvo.

Caleb observó la vieja camioneta hasta que se detuvo en el aparcamiento. Sintió envidia de Noah. Daría lo que fuera por volver al restaurante a luchar por Jules.

Capítulo Diez

Jules había vuelto a entrar en el Crab Shack cuando Noah llegó al aparcamiento.

–Ahí está –dijo Melissa corriendo a la puerta.

–¡No será ese tipo otra vez! –exclamó su padre.

–Es Noah –respondió Melissa.

–Nuestro contratista –le aclaró Jules al tiempo que trataba de controlar sus emociones.

Noah desmontó de la camioneta, tomó a Melissa en sus brazos y la besó apasionadamente.

–También están saliendo –era la primera vez que Jules veía ese despliegue emocional en Noah.

–¿Melissa tiene novio?

–No exactamente… –antes de que Jules pudiera acabar la frase, su padre salió del restaurante. Su primera reacción fue ir detrás de él, pero estaba cansada y aquello era asunto de Noah y Melissa.

Se sentó en una silla y la imagen de Caleb apareció ante sus ojos. La rechazó y trató de centrarse en otra cosa. Vio el sobre que su padre había dejado en la mesa y que contenía el correo de las hermanas. Lo abrió. Había una carta para Melissa de la universidad y otra para Jules del hospital. Era un recordatorio para que pidiera cita para que le pusieran la inyección de hormonas y le hicieran un reconocimiento general. Miró la fecha en que se había puesto la última inyección. Y la volvió a mirar. No podía ser. Debía de haber un error.

El miedo se apoderó de ella. Rebuscó en su memoria la fecha, pero no la recordaba. Tendría que haberse puesto la inyección un mes antes.

Se dijo que no debía dejarse llevar por el pánico al tiempo que se ponía la mano al estómago.

No podía ser. Aunque se hubiera retrasado en ponerse la inyección, las probabilidades estaban a su favor. Tenían que estarlo. Lo contrario era inconcebible.

Miró por la ventana. Melissa sonreía, Noah parecía relajado y su padre asentía a lo que este le decía.

No podía esperar a la mañana siguiente. Agarró la carta y el bolso y salió. Abrió la puerta de la camioneta. Estaba aterrorizada. No podía estar embarazada. Sería un desastre de proporciones bíblicas.

Mientras se dirigía a la farmacia del pueblo se obligó a pensar de forma positiva. No estaba embarazada. No se sentía embarazada, sino como una mujer normal de veinticuatro años. Se haría una prueba de embarazo para salir de dudas. Soltaría un enorme suspiro de alivio, se reiría de sí misma y volvería a preocuparse del derecho de paso que, en aquellos momentos, le parecía un problema menor que se podía solucionar. No habría enfrentamientos ni bebé ni ningún vínculo con Caleb. Era precisamente lo que ella deseaba y necesitaba, a pesar de que la idea de no volver a acariciarle la hacía sentirse vacía.

Fue a la farmacia, leyó las instrucciones de la prueba de embarazo y se paró en los servicios públicos del parque del mirador. Temblaba ligeramente al entrar en el servicio. Abrió la caja, volvió a leer las instrucciones, apretó los dientes y orinó mientras el corazón le latía a toda velocidad. Miró la hora y cerró los ojos esperando que pasaran los minutos.

Abrió los ojos y volvió a mirar la hora. Solo faltaban unos segundos. Respiró hondo y miró el resultado volviendo a medias la cabeza y entrecerrando los ojos como hacía en las películas de terror. No le sirvió de nada, ya que vio el resultado perfectamente: era positivo.

Estaba embarazada.

Caleb sería el que más se alegraría, ya que estaba a punto de conseguir todo lo que quería.

Caleb estaba seguro de no haber oído bien a Noah.

—¿Que va a vender?

—Acabo de hablar con ella —dijo Noah mientras seguía a Caleb hasta el salón.

Matt y T.J. estaban allí. Habían salido a la terraza y estaban preparando una barbacoa.

—¿Por qué? —preguntó Caleb a Noah, alucinado ante sus palabras—. ¿Qué le ha hecho cambiar de opinión? —estaba encantado, por supuesto, pero los acontecimientos habían dado un giro totalmente inesperado. Tenían el juicio esa mañana.

–La realidad, supongo.

¿Así de sencillo? ¿Que fueran a juicio había hecho que entrara en razón? Algo no encajaba.

–¿Qué te ha dicho?

–Que creía que yo tenía razón.

–Tendré que agradecértelo.

–Melissa estaba de acuerdo conmigo, al igual que su padre, ante el que parece que he ganado muchos puntos.

Caleb sonrió. Se alegraba mucho por Noah, al que, al menos, le estaban saliendo bien las cosas en el terreno amoroso. Abrió la puerta de la terraza.

–Hola, Noah –dijo Matt, cuando este y Caleb salieron.

–Hola –dijo también T.J.

–Jules ha accedido a vender –los informó Caleb.

–¡Estupendo! –Matt sonrió–. ¿Sacamos la botella de whisky?

–No entiendo por qué lo ha hecho.

–¿Por su padre? –aventuró Noah.

–¿Su padre? –preguntó Matt.

–Se ha presentado hoy –explicó Caleb comprobando la temperatura de la barbacoa.

–¿Lo has visto? –preguntó Matt.

–Sí. Tuvimos unas palabras.

–Me lo imagino –observó Matt riéndose–. Te odia a muerte.

–Odia a mi padre y a mi abuelo, que no es lo mismo. O no debiera serlo.

–Hay cerveza en la nevera –indicó T.J. a Noah.

–¿Cuánto te va a costar? –preguntó Matt a Caleb.

–Da igual –apuntó T.J.

Caleb estuvo de acuerdo. Pagaría lo que Jules le pidiera. Se preguntó si podría esperar que su generosidad sirviera para hacer las paces con ella. Desde luego, lo iba a intentar.

–¿Qué planes tienen las hermanas? –preguntó Matt a Noah cuando este volvió a la terraza.

–Volver a Portland.

–¿Cómo? –preguntó Caleb–. Les he ofrecido trabajo.

–Jules ha sido categórica al respecto.

–¿Y Melissa? –Caleb sabía que a ella le gustaría trabajar en el Neo.

–Apoya a Jules.

–¿Y tú? –preguntó Matt a Noah.

–Sobre vuestra oferta de trabajo…

Matt le sonrió con complicidad y alzó su cerveza para brindar.

–Te vas a Portland.

Noah sonrió tímidamente.

–Hay trabajo en la construcción en Portland. Y el padre de Melissa no me odia.

–Yo les daría trabajo a las dos –insistió Caleb.

–Ofréceselo –apuntó Noah al tiempo que tomaba asiento–, pero no creo que lo acepten.

–Es la solución ideal –dijo Caleb mirando a sus amigos en busca de apoyo–. Con los problemas económicos resueltos, pueden quedarse en Whiskey Bay, un sitio que les encanta.

–No creo que se trate de dinero –apuntó Noah–. Volver a abrir el Crab Shack ha sido el sueño de Jules durante mucho tiempo.

El Neo de Whiskey Bay tampoco había sido para Caleb un asunto económico. Si solo le hubiera importado el dinero, hubiera buscado otro emplazamiento en Olympia. Durante años se había imaginado un restaurante concreto en un lugar concreto. Se dejó caer en una silla.

Jules había abandonado su sueño. Un mes antes, él lo estaría celebrando. Pero, en aquel momento, le resultaba inaceptable.

–No puede ser –dijo con rotundidad.

–Puesto que ya tienes todo lo que deseabas en el plano de los negocios, supongo que te refieres a Jules –observó T.J.

–Me refiero a ella.

–¿Porque estás enamorado? –preguntó Noah–. Eso complica las cosas, ¿verdad?

–No estoy… Sí –Caleb se rindió a la verdad. Quería a Jules–. Complica las cosas.

–¿Qué vas a hacer? –preguntó Matt.

–Voy a perder un millón de dólares.

–¡Ay! –exclamó T.J.

Matt se echó a reír.

–Ya era hora –comentó Noah.

–¿Qué sabes tú del amor? –le preguntó Matt.

–Nada, pero me estoy esforzando en aprender.

–Todavía puedo proporcionarte nuevos inversores –dijo T.J. a Caleb.

–No los necesito.

Diecisiete restaurantes de la cadena Neo le bastaban. Sus planes inmediatos se relacionaban más con su vida personal que con sus negocios.

Pensó que podría perder el Neo de Whiskey Bay sin, por ello, haberse ganado a Jules. Tal vez ella no lo amara, sino que lo odiara, y su gesto de última hora no sirviera de nada. Pero, de todos modos, iba a hacerlo.

Jules estaba atontada. Habían pasado tres días y seguía sin asimilar lo sucedido. El mar rugía mientras bajaba la escalera hacia la casa de su abuelo. O tal vez fuera el pánico lo que sentía rugir en su interior.

Había buscado confirmación médica del resultado, con la esperanza de que estuviera equivocado. No lo estaba. Desde luego que estaba embarazada. Estaba embarazada de gemelos y no sabía cómo decírselo a su familia. No podía contarle a su padre que eran hijos de Caleb. Lo destrozaría.

Debería haber hecho caso a su hermana y haber renunciado al Crab Shack. Había obligado a Melissa a realizar un montón de trabajo innecesario y a malgastar mucho dinero. Ahora, ellas se marcharían y Caleb demolería el edificio.

—Ya tienes lo que querías —la voz de Melissa le llegó desde el porche—. Has ganado. No hace falta que se lo vengas a restregar por las narices.

—No es lo que vengo a hacer —Jules se quedó helada al oír la voz de Caleb.

–Nuestro abogado te ha mandado el precio, que no es negociable.

–No he venido a negociar, Melissa, sino a daros lo que queréis.

Jules pensó que debía marcharse, pero estaba petrificada y no podía apartar la vista del hermoso perfil de Caleb.

–Lo que Jules quería era el Crab Shack.

–Lo sé. Y le voy a dar lo que desea. Os cedo el derecho de paso. Podéis construir el Crab Shack. Renuncio al Neo.

Jules ahogó un grito.

Caleb se volvió.

–¿Jules? –Melissa miró hacia la escalera.

–Jules –Caleb suspiró aliviado mientras comenzaba a subirlas.

Jules se esforzó en mantener un tono de voz sereno.

–No queremos el derecho de paso. Ya hemos tomado la decisión.

Él se le acercó con el ceño fruncido.

–Pues cambiadla. Has ganado. Voy a darte todo lo que pedías.

Era evidente que Caleb estaba desconcertado y molesto. Y ella estaba enamorada de él. Y no iba a volver a verlo.

Melissa comenzó a subir la escalera.

–No se trata de ti –dijo Jules a Caleb–. Se trata de mi padre, de Melissa y de mí.

–Pero…

–Vete. Déjame en paz. No quiero volver a verte.

—Escúchame, Jules. Sé que no he sido razonable.

—¿No me has oído? —a Jules se le partía el corazón. Tenía que acabar con aquello de una vez por todas.

Él la miró en silencio.

—¿Estás bien, Jules? —preguntó Melissa acercándose a ellos.

—Muy bien. Quiero estar sola.

Siguió bajando la escalera. Caleb se quedó inmóvil, pero Melissa la siguió hasta el interior de la casa. Le puso la mano en el hombro.

—Jules...

Ella se estremeció.

—¿Qué te pasa? Papá lo superará. Es nuestra oportunidad.

Jules pensó que debía decirle la verdad. Los ojos se le llenaron de lágrimas.

—Estoy embarazada —susurró. Su hermana se quedó inmóvil—. Estoy embarazada de Caleb.

—Eso no tiene sentido.

—Sucedió en San Francisco.

—¿Hiciste el amor con él?

—Caleb no debe saberlo. Papá tampoco. Me inventaré algo, que fue la aventura de una noche con un tipo.

—¿Cómo? —preguntó Melissa asombrada—. Olvídate de papá. ¿Y Caleb?

—Le dije que me estaba poniendo inyecciones de hormonas. Pero me confundí de fecha.

—¿Vas a mentir a Caleb sobre su hijo?

—No voy a mentirle, sino a no decirle nada.

—Tienes que contárselo, Jules.

—No —era la decisión correcta—. No lo haré —debía desaparecer de la vida de Caleb y guardar el secreto.

Melissa la tomó de la mano y la condujo al salón.

—No piensas con claridad —dijo con voz suave—. Estás aterrorizada. ¿Cuánto hace que lo sabes?

—Hace tres días, el día que llegó papá.

—Siéntate.

—No me vas a hacer cambiar de opinión.

—No voy a intentarlo. Solo quiero que te tranquilices. Que estés tan alterada no puede ser bueno para el bebé. Siéntate —Melissa se sentó.

Melissa tenía razón. Estar tan alterada no podía ser bueno para el bebé… los bebés. Las piernas comenzaron a temblarle, y Jules tomó asiento.

Caleb tardó menos de una hora en decidir qué hacer, y tres horas más en llegar a Portland, a casa de Roland Parker.

Cuando este lo reconoció pareció que iba a asesinarlo.

—Escúcheme —dijo Caleb al ver que Roland iba a darle con la puerta en las narices—. Por el bien de Jules, de Melissa y del suyo propio.

—No me interesa nada de lo que vayas a decir —le espetó Roland, pero no cerró la puerta.

—Lo siento. Lo que le hizo mi padre es imperdonable. Y también lo que le hizo mi abuelo. Pero eso es el pasado. Mi abuelo ha muerto y mi padre está muy lejos de aquí. Yo no soy como ellos y quiero solucionar esto.

–No hay forma de hacerlo.

–¿Por qué no me deja intentarlo? Deme diez minutos, diez minutos para compensar sesenta años –Roland vaciló–. Si no le gusta lo que tengo que decirle, écheme.

–Puedo echarte cuando quiera.

–Es cierto pero, de todos modos, le ruego que me escuche.

Roland lo fulminó con la mirada. Caleb esperó con los nervios de punta, pero comprobó con alivio que su expresión se suavizaba y que retrocedía para dejarlo entrar.

Caleb aceptó la silenciosa invitación. Era una casa pequeña, modesta y con un ligero olor a humedad. Los muebles eran viejos, al igual que las alfombras. Pensó que Jules se había criado allí, en la pobreza, mientras que él había gozado de todos los privilegios. Experimentó un sentimiento de culpa.

Roland no le pidió que se sentara, por lo que Caleb se quedó de pie en el pequeño vestíbulo.

–Sé que no hay manera de compensar lo sucedido en el pasado –dijo–. Sin embargo, he venido a hacerle una propuesta –Caleb notó que seguía nervioso–. Que formemos una sociedad para dirigir el Crab Shack.

Roland lo miró entrecerrando los ojos.

–Sé que el restaurante es de Jules y Melissa. Pero quiero que usted lo apruebe.

–No vas a sacar nada…

–Por favor –le interrumpió Caleb levantando la mano–. Iremos al cincuenta por ciento, como se hizo en su momento, como debiera volver a ser. Trabajaré mucho, se lo prometo, y seré justo con sus hijas. Seré respetuoso y honrado en todo lo que haga.

–No puedo confiar en ti. No volvería a relacionarme con los Watford ni por todo el oro del mundo. ¿Está tu padre detrás de todo esto?

–Mi padre no sabe que estoy aquí. No tiene nada que ver con mis negocios ni con Whiskey Bay. ¿Puedo acabar de explicarle mi oferta? –Roland apretó los labios–. No le propongo un acuerdo monetario, sino un intercambio: el cincuenta por ciento del Crab Shack por el cincuenta por ciento del Neo. Los dos pueden prosperar. Jules no me cree porque piensa que el Neo le quitará los clientes al Crab Shack. Yo no estoy de acuerdo y voy a demostrar que tengo razón.

Roland no dijo nada.

Caleb estuvo tentado de seguir hablando, pero se dio cuenta de que todo lo que tenía que decir ya estaba dicho. Seguir hablando molestaría aún más a Roland.

Por fin, este habló.

–¿Dónde está el truco?

–No lo hay.

–Eres de la familia Watford.

El truco era que Caleb estaba enamorado de Jules y que pretendía utilizar la sociedad para cortejarla todo el tiempo que fuera necesario.

–He traído los planos del edificio del Neo. Querría enseñárselos, si me lo permite. Y también, si me lo permite, quisiera extenderle un cheque para contratar al abogado que usted elija para que revise el acuerdo y le asegure que es justo para usted y su familia.

Roland pasó del recelo a la perplejidad.

–¿Por qué haces todo eso?

–Porque es justo y porque convierte una situación en la que todos perdemos en otra en la que todos ganamos. Y porque Jules me ha contado algunas cosas sobre el pasado, sobre mi familia. Como se imaginará, mi padre no fue totalmente sincero cuando me contó lo sucedido. Y aunque no dispongo de pruebas ni en un sentido ni en otro, creo la versión de Jules, la versión de usted. Mi padre arruinó su sueño, así que déjeme conseguir que se haga realidad el de su hija –concluyó Caleb al tiempo que alzaba su portafolios.

Roland miró la cartera y Caleb aprovechó la ocasión para entrar en la cocina y abrirla. El anciano sacó los planos y los extendió en la mesa.

–Ya hemos preparado el terreno –Roland se acercó a mirar–. Habrá dos plantas. No sé si ha visto usted algún restaurante de la cadena Neo. Las ventanas de la fachada son la característica que todos tienen en común. Además de la de servir marisco.

–Esto valdrá diez veces más que el Crab Shack –dijo Roland alisando los planos con la mano.

–Como ya le he dicho hace tiempo que hubiéramos debido hacer esto.

Capítulo Once

Jules estaba destrozada. Melissa parecía igual de desgraciada, en tanto que Noah, con aire sombrío, recogía las herramientas para meterlas en la camioneta. Su trabajo allí había acabado.

Jules se preguntó qué haría Caleb con el edificio. ¿Lo demolería inmediatamente? Como estaba sin terminar, afearía las vistas desde el Neo.

Jules se dijo que eso era, sin duda, lo que Caleb haría. La situación era emblemática de la historia de los Parker y los Watford. Los primeros perdían; los segundos, ganaban y su imperio no dejaba de crecer.

Recorrió la superficie de la barra con la punta de los dedos mientras recordaba las horas dedicadas a lijarla y pulirla. Todo lo que habían hecho allí había sido una pérdida de tiempo. Solo podía culparse a sí misma.

Melissa debería estar furiosa con ella. La miró mientras hablaba con Noah. Estaba tan triste como ella. Noah le acarició la mejilla. Su historia de amor iba hacia delante.

Caleb ya tenía lo que quería, por lo que no había motivo alguno para que intentara volver a verla. Los abogados de ambos se ocuparían del papeleo.

Al menos, los Parker sacarían algo del acuerdo. Su padre se alegraría. Aún no había hablado con él. No le apetecía ser testigo de su felicidad.

–¿Jules? –la voz de Caleb la estremeció. Pensó que se la había imaginado, pero se volvió hacia la puerta y allí estaba. Parecía contento. Jules supuso que porque había ganado.

–Ya casi hemos terminado.

Lo cierto era que ya habían terminado del todo. No había más excusas para seguir allí. En cuestión de segundos se marcharía del Crab Shack para siempre. Le había fallado a su abuelo.

–He venido a ofrecerte otro trato –afirmó Caleb entrando.

–¿Menos dinero?

–No –dijo con suavidad mientras se le acercaba.

–¿Qué trato? –intervino Melissa aproximándose a ellos, acompañada de Noah.

–Una sociedad: la mitad del Crab Shack por la mitad del Neo.

Jules creyó que no lo había entendido bien.

–¿Y por qué ibas a hacer eso? –preguntó Melissa.

–Porque creo que los dos tendrán éxito. No os he estado engañando. Debiéramos coordinar nuestros esfuerzos. O prosperamos juntos o nos hundimos juntos.

–Eres increíblemente generoso –afirmó Melissa.

–No –dijo Jules.

Melissa la miró incrédula. Jules la miró con dureza. No podían quedarse allí. Estaba embarazada y Caleb era el padre. No podía enterarse.

Caleb la miró atónito.

–¿Cómo que no? Es lo que deseabas. Puedes acabar de reformarlo y dirigirlo. No voy a interferir.

–No podemos.

–Jules… –rogó Melissa.

–Pero es perfecto –insistió Caleb, cada vez más confuso–. Es tu sueño hecho realidad. Y todos ganaremos dinero. Y Noah no tendrá que irse a Portland con Melissa.

–¿Qué quiere decir? –preguntó Melissa a Noah.

–No puedo vivir si ti –contestó él.

–¿Vas a venir a Portland?

–¿Crees que no encontraré trabajo allí? –preguntó él pasándole el brazo por los hombros.

Ella se apoyó en él y sonrió. Jules sintió una punzada de celos. Que Caleb estuviera a su lado empeoraba las cosas. Quería apoyarse en él, despertar de aquella pesadilla de errores y secretos.

–Como ves –dijo, sin que se le quebrara la voz de la emoción– estamos deseando irnos a Portland.

–¿De qué hablas? –preguntó Caleb.

–Ya hemos tomado una decisión. Así que no, gracias.

–Al menos deberías oír lo que tengo que deciros.

Jules miró a su hermana en busca de apoyo.

–Es demasiado bonito para ser verdad –dijo esta. Jules no se creyó que no estuviera de su lado, ya que sabía por qué no podía aceptar la propuesta de Caleb.

–Pues es verdad –dijo Caleb a Melissa–. Firmaremos un contrato. Obtendréis la mitad del Neo y yo la mitad del Crab Shack. Es muy sencillo.

–No es tan sencillo –Jules se llevó la mano al vientre.

–¿Qué te pasa? –Caleb se le acercó aún más.

–¿A mí? Nada.

–Jules, sabes que…

–No, no sé. No sé por qué haces esto. Sabes que no va a salir bien.

–Escucha, Jules. Consideremos…

–No puedo –Jules se secó las lágrimas antes de que se le derramaran. Caleb había destrozado su vida. Y la de Melissa. Y ahora, estaba… –. Lo siento –masculló mientras salía del restaurante.

–¡Jules! –gritó Caleb.

Echó a correr. Llegó a la camioneta, se montó y arrancó. Por el retrovisor vio que Caleb la observaba.

–¿Qué ha pasado? –preguntó Caleb cuando Melissa y Noah llegaron al camino de entrada.

–Tiene miedo –dijo Melissa.

–¿De qué? –preguntó Caleb.

–De ti.

–Jules no me tiene miedo. ¿Qué me he perdido? Le he ofrecido lo que deseaba. Es un plan sólido y brillante.

–Tiene miedo de sus sentimientos hacia ti –afirmó Melissa.

–¿Qué sentimientos?

Melissa lo miró incrédula.

–Bueno, no es que no le gustes.

Al menos le gustaba. Ya era algo. Tal vez hubiera esperanza. Pero se había comportado de forma extraña.

–¿Qué debo hacer? –preguntó a Melissa.

–Ser sincero con ella.

–He sido sincero. Soy sincero. ¿A qué te refieres?

–¿Qué sientes por ella?

–Ah, te refieres a eso.

–Se refiere a eso –intervino Noah con una sonrisa.

–Haz que ella se sincere contigo –apuntó Melissa.

Caleb se dijo que tenían razón. Jules no le había leído el pensamiento. Seguía creyendo que eran adversarios.

–Se ha dirigido a la casa. Va a hacer las maletas y a marcharse.

–Supongo que sí –dijo Melissa.

Caleb se dio cuenta de que estaba perdiendo el tiempo hablando. Echó a andar y, después, a correr cada vez más deprisa. Jules tardaría unos diez minutos en llegar por la carretera. Él podría hacerlo en siete por el sendero si aumentaba la velocidad. Y lo hizo.

Subió de dos en dos los peldaños de la escalera que conducía a la casa. El aparcamiento estaba vacío. Respiró hondo. Había ganado la carrera. Esperaba que ella fuera hacia allí. Si se había ido a otro sitio la seguiría a Portland, la seguiría al fin del mundo, si era necesario.

Creyó oír el motor de la camioneta. Inclinó la cabeza y contuvo el aliento hasta que la vio aparecer. Jules aparcó y se bajó. Lo divisó desde arriba de la escalera. Se quedó inmóvil, mirándolo con incredulidad. A Caleb le pareció que iba a dar media vuelta y a marcharse. Aliviado, vio que comenzaba a bajar.

—Esto tiene que acabar de una vez —dijo ella deteniéndose en el último escalón para estar por encima de él. Lo miró desafiante.

—Va a acabar —afirmó él, porque, al final de la conversación, ella no tendría dudas de lo que él sentía.

—Muy bien —Jules pasó a su lado y abrió la puerta.

Caleb la siguió al interior preguntándose qué le iba a decir.

—Tienes miedo —dijo él al tiempo que entraban en el salón.

—No de ti —ella abrió un armario y sacó una maleta.

—Tienes miedo de nosotros —Caleb también estaba un poco asustado. La deseaba tanto que le daba miedo. Quería que fuera su socia y su amante. Quería dormirse y despertarse con ella.

Jules dejó la maleta en el viejo sofá y la abrió.

—No hay ningún «nosotros» —volvió al armario y descolgó la ropa de las perchas.

—Por supuesto que lo hay.

Ella metió la ropa en la maleta.

—Pues, a partir de hoy, no lo habrá.

Se equivocaba por completo.

–¿Jules?

–¿Qué? –preguntó ella sin levantar la vista.

–Me he enamorado de ti.

–Pues, eso es… –alzó bruscamente la cabeza–. ¿Qué has dicho?

–He dicho que te quiero.

Ella parecía totalmente desconcertada, más asustada que nunca y dispuesta a salir corriendo.

–No –se puso pálida. Negó con la cabeza y retrocedió unos pasos–. No me quieres, no puedes quererme.

–Claro que puedo. Te quiero.

Ella se agarró al poyete de la ventana que había a su espalda.

–No sabes lo que dices.

–Lo sé perfectamente. Lo que no entiendo es por qué te niegas a admitirlo.

–No me niego a nada.

–Jules, lo que hay entre nosotros es emocionante, estimulante y maravilloso. Y quiero que dure para siempre. Quiero casarme contigo –Caleb no supo de dónde habían salido esas palabras, pero se alegró de haberlas pronunciado.

Deseó tener un anillo y hacer las cosas como era debido. Sin embargo, no iba a desdecirse. Quería casarse con ella a toda costa.

Jules no dijo nada. Él le sonrió para animarla. La situación era complicada, pero, en su opinión, era evidente que el siguiente paso debía ser la boda.

–No puedo –dijo ella, por fin, con voz ronca.

–¿Por qué?

–Porque no puedo.

Caleb se le acercó. Fuera lo que fuera lo que la asustaba, lo solucionarían juntos.

–¿Me quieres?

–Yo… Yo…

–Jules, cariño, ¿qué te pasa?

–Nada.

–Puedes contarme lo que sea.

–Esto no.

–Entonces, es que hay algo. ¿Qué es?

Ella miró a su alrededor como buscando una salida.

–Jules, dímelo.

–No puedo.

–Claro que puedes.

–He hecho algo terrible –afirmó ella mirándolo a los ojos.

A él le daba igual lo que hubiera hecho. No iba a cambiar de opinión.

–La mayoría de la gente lo hace.

–Caleb… –rogó ella.

–¿Me quieres?

–Eso no importa.

–Importa mucho.

–Llevo años –dijo Jules poniéndose la mano en la frente– acusando a tu familia de mentir, engañar y traicionar.

–La mayor parte de esas acusaciones eran ciertas –observó él tomándola de las manos.

Ella miró sus manos unidas.

–¿Has robado? –preguntó él con impaciencia–.

¿Has matado a alguien? Porque Noah lo hizo, pero eso no significa que sea mala persona.

—No tiene gracia, Caleb.

—Puede que la tenga y puede que no. No lo sé. Y no lo sé porque no quieres contarme lo que te pasa.

—Estoy embarazada.

Caleb soltó el aire de un golpe.

—¿Que estás qué? —preguntó. ¿Tenía Jules novio? ¿Qué se le había pasado por alto?

Ella siguió hablando a toda velocidad.

—No iba a decírtelo. Sé que no es justo ni correcto, pero iba a guardarlo en secreto. No sé. Puede que al final te lo hubiera contado. Merecías saberlo. No sería justo ocultártelo. Probablemente te hubiera dicho que… eres el padre.

Caleb se quedó petrificado.

—Un momento, ¿el niño es mío?

—¿Cómo me haces esa pregunta?

—No lo sé. Quiero decir… Fue solo hace unas semanas.

—Es que solo estoy embarazada de una semana —afirmó ella en tono desafiante.

El cerebro de Caleb funcionaba a toda prisa. Jules estaba embarazada de él. Iban a tener un hijo. El júbilo borró cualquier otro pensamiento.

—¿Por qué dices que esto es malo? —preguntó apretándole las manos—. Te quiero y tú me quieres, reconócelo. Ahora, más que nunca, debes reconocerlo.

—Lo siento —dijo ella, con los ojos brillantes de lágrimas.

–Pues yo no. Estoy encantado.

–¿Encantado?

–Loco de contento.

–Pero no iba a decírtelo. Te he mentido al no contártelo. Soy mala persona.

–Pues ya me lo has contado.

–Solo porque me has dicho que me querías –Jules miró la maleta–. Iba a marcharme.

–¿Vas a hacerlo? –preguntó él tomándole el rostro entre las manos.

–Creo que no.

–Dilo.

–Te quiero, Caleb.

–Ya era hora –se inclinó para besarla.

–Solo hace cinco minutos que me lo has dicho.

–Pues ese tiempo se me ha hecho eterno –volvió a inclinarse para besarla, pero ella le puso la mano en los labios para impedírselo.

–¿Qué pasa? –no podía haber nada más.

–Esto…

–Deja de hacerme esto, Jules.

–Son gemelos.

–¿Cómo?

–Son gemelos. Son dos.

Caleb sonrió de oreja a oreja.

–Razón de más para que te cases conmigo. Inmediatamente. En cuanto podamos organizar la boda.

–Muy bien.

–¿Trato hecho? ¿Sin negociaciones ni condiciones?

–Trato hecho.

Entonces, la besó. Por fin, era el beso que había estado esperando. El beso totalmente sincero que le indicaba que Jules estaría con él para siempre.

Tres semanas después, Jules miró a su alrededor en el Crab Shack y le encantó todo lo que vio.

Noah había llevado a tres hombres más para que lo ayudaran a terminar las reformas e iba a trasladarse al Neo para empezar a trabajar allí. Los decoradores también habían terminado su trabajo, y cada día llegaban nuevos platos, manteles y accesorios.

Se apoyó en Caleb, que estaba a su lado.

–Es perfecto.

–Tú sí que eres perfecta –respondió él al tiempo que le ponía la mano en el vientre–. ¿Ya te has decidido?

–¿Sobre los nombres? –ni siquiera sabían el sexo de los bebés.

–Sobre la fecha de la boda –contestó Caleb riéndose–. No quiero seguir esperando.

–Lo sé –ella tampoco. Quería casarse con él.

–Tenemos que decírselo.

Jules sabía que la oferta de Caleb de ser socios en el Neo de Whiskey Bay y el Crab Shack había aplacado a su padre. Pero una cosa era ser socio de Caleb y otra muy distinta que fuera su yerno, por no hablar de que fuera a ser el padre de sus nietos.

–¿Lo hacemos aquí?

–¿El qué? ¿Decírselo?

–No, me refiero a la boda. Sería bonito celebrarla aquí antes de la inauguración.

–Estupenda idea. Podemos ir a Portland a contárselo a Roland.

–Muy bien –Jules asintió–. Estoy lista para contárselo.

Caleb la besó tiernamente y se abrazaron.

De pronto, la voz de Roland les llegó desde la puerta.

–Ya me imaginaba que esto era lo que pasaba.

Jules se separó rápidamente de Caleb.

–Ningún hombre hace un trato tan poco ventajoso si no hay una mujer de por medio.

–Papá –dijo Jules con el pulso acelerado–. Íbamos a contártelo.

–Supongo que lo hubierais hecho en algún momento.

–Quiero a su hija –dijo Caleb. Jules le dio un codazo.

–¿Qué? Es mejor que lo sepa a que crea que te estoy besando porque sí.

Cuál no sería la sorpresa de Jules al ver que su padre sonreía.

–Me lo imaginé cuando viniste a verme a Portland.

–¿No estás enfadado? –preguntó Jules.

–¿Lo quieres? –preguntó su padre.

–Sí.

Roland examinó a Caleb de arriba abajo.

–Me demostró lo que valía cuando fue a verme

–afirmó. Después se dirigió directamente a Caleb–. No eres como tu padre.

–No.

–Hay cierta ironía en este asunto. También una especie de justicia por el hecho de que los Watford vayan a compartir su riqueza con los Parker. Tu abuelo se revolvería en la tumba.

–Le he pedido que se case conmigo –dijo Caleb–. Y ha accedido. Vamos a casarnos.

–Mejor aún.

–¿De verdad que no estás enfadado? –preguntó Jules, atónita, a su padre.

–Quiero que seas feliz. Pensé que serías desgraciada en Whiskey Bay, como lo fui yo. Creí que Caleb te haría sufrir, que te engañaría, porque era igual que su padre y su abuelo. Me alegro de haberme equivocado.

Jules se acercó a su padre y lo abrazó. No recordaba la última vez que lo había hecho.

–Estoy embarazada. Vas a ser abuelo –dijo sonriendo.

Melissa habló desde la puerta.

–¿Se lo has dicho? –parecía preocupada.

–¿Un bebé que será Parker y Watford a la vez? –Roland parecía estar dándole vueltas a la idea.

Jules se puso tensa esperando su reacción.

–¿Papá? –dijo Melissa.

–Es una noticia sorprendente –Roland volvió a sonreír–. Enhorabuena a los dos.

–¿No te importa? –Melissa preguntó entrando, seguida de Noah.

–Se van a casar –dijo Roland.

Caleb le pasó el brazo por el hombro a Jules.

–Sí, vamos a casarnos. Hemos pensado hacerlo aquí, antes de la inauguración.

–Al abuelo le hubiera gustado –comentó Melissa.

–Al abuelo de Caleb no le hubiera hecho ninguna gracia –observó Roland riéndose–. Pero es lo justo. Y creo que debemos dar por concluida la enemistad entre nuestras familias.

–Que así sea –dijo Jules.

–Comenzaremos una nueva era –dijo Melissa.

–Fundaremos una nueva familia –le susurró Caleb al oído a Jules.

No te pierdas *Doce noches de tentación,*
de Barbara Dunlop, el próximo libro
de la serie Novias.
Aquí tienes un adelanto…

Tasha Lowell se despertó porque alguien aporreaba la puerta de su dormitorio. Era medianoche en las dependencias del personal del puerto deportivo de Whiskey Bay y Tasha no llevaba ni una hora durmiendo.

—¿Tasha? —la voz de Matt Emerson, el dueño del puerto deportivo, le supuso un sobresalto añadido, ya que estaba soñando con él.

—¿Qué pasa? —gritó mientras se levantaba.

—El *Orca's Run* se ha averiado en Tyree, en Oregón.

—¿Qué ha sucedido? —preguntó mientras cruzaba la habitación descalza. Era una pregunta estúpida, ya que Matt Emerson, rico y urbanita, no distinguiría un inyector de un alternador.

Abrió la puerta y se encontró con el objeto de lo que había sido un sueño muy erótico.

—El motor se ha parado. El capitán Johansson me ha dicho que han anclado en la bahía de Tyree.

Era una pésima noticia. Tasha llevaba solo dos semanas de mecánico jefe en el puerto deportivo y sabía que Matt había dudado a la hora de ascenderla. Estaba en su derecho de considerarla responsable de no haber detectado el fallo en el motor del yate.

–Lo revisé antes de que zarpara –Tasha sabía que aquel crucero era muy importante para la empresa.

El *Orca's Run* era el segundo yate más grande de la flota. Lo había alquilado Hans Reinstead, un influyente hombre de negocios de Múnich. Matt había invertido mucho esfuerzo y dinero para abrirse camino en el mercado europeo y Hans era uno de sus principales clientes. La familia Reinstead no podía tener un viaje decepcionante.

Tasha agarró una camisa roja y se la puso sobre la camiseta. Luego se puso unos pesados pantalones de trabajo. Matt la observaba. Ella se encasquetó una gorra. En ponerse los calcetines y las botas tardó treinta segundos. Estaba lista.

–¿Ya está? ¿Ya estás preparada? –preguntó él.

–Sí –contestó ella mirándose. Los objetos que las mujeres solían llevar en un bolso, ella los llevaba en los bolsillos de los pantalones.

–Entonces, vamos –dijo él sonriendo.

–¿Qué te hace tanta gracia? –preguntó ella mientras echaba a andar a su lado.

–Nada.

–Te estás riendo –afirmó Tasha al tiempo que se encaminaban hacia el muelle.

–No.

–Te estás riendo de mí –¿tan mal aspecto tenía recién levantada?

–Sonrío, que no es lo mismo.

–Te resulto divertida –Tasha odiaba divertir a los demás. Quería que la gente, sobre todo los hombres, y sobre todo su jefe, la tomasen en serio.

Bianca

Se vio obligada a aceptar un trato matrimonial
con aquel despiadado italiano…

PADRE POR CONTRATO

JANE PORTER

Mientras criaba al hijo que le había dejado su hermana al morir,
Rachel Bern estaba desesperada y sin dinero. Como la familia
del padre del niño no había hecho caso de sus intentos de con-
tactar con ella, no tuvo otro remedio que ir a Venecia a hablar
con los Marcello.

Haber perdido a su hermano había dejado destrozado a Giovanni
Marcello. La aparición de Rachel con su supuesto sobrino le cayó
como una bomba y creyó que ella tenía motivos ocultos para
estar allí. Besarla serviría para revelar el engaño, pero la apasionada química que había entre ambos hizo que Gio volviera
a examinar la situación.

Quiso imponer un elevado precio por reconocer a su sobrino,
pero Rachel no pudo evitar sucumbir a sus exigencias, aunque
supusiera recorrer el camino hasta el altar.

Acepte 2 de nuestras mejores novelas de amor GRATIS

¡Y reciba un regalo sorpresa!

Oferta especial de tiempo limitado

Rellene el cupón y envíelo a

Harlequin Reader Service®
3010 Walden Ave.
P.O. Box 1867
Buffalo, N.Y. 14240-1867

¡Sí! Por favor, envíenme 2 novelas de amor de Harlequin (1 Bianca® y 1 Deseo®) gratis, más el regalo sorpresa. Luego remítanme 4 novelas nuevas todos los meses, las cuales recibiré mucho antes de que aparezcan en librerías, y factúrenme al bajo precio de $3,24 cada una, más $0,25 por envío e impuesto de ventas, si corresponde*. Este es el precio total, y es un ahorro de casi el 20% sobre el precio de portada. ¡Una oferta excelente! Entiendo que el hecho de aceptar estos libros y el regalo no me obliga en forma alguna a la compra de libros adicionales. Y también que puedo devolver cualquier envío y cancelar en cualquier momento. Aún si decido no comprar ningún otro libro de Harlequin, los 2 libros gratis y el regalo sorpresa son míos para siempre.

416 LBN DU7N

Nombre y apellido	(Por favor, letra de molde)	
Dirección	Apartamento No.	
Ciudad	Estado	Zona postal

Esta oferta se limita a un pedido por hogar y no está disponible para los subscriptores actuales de Deseo® y Bianca®.
*Los términos y precios quedan sujetos a cambios sin aviso previo.
Impuestos de ventas aplican en N.Y.

Bianca

**El deseo se apoderó de Alejandro
en el momento en el que vio a Kitty**

COMPROMISO TEMPORAL

NATALIE ANDERSON

La impulsiva Catriona Parkes-Wilson debía recuperar un olvida-
do recuerdo de familia. Si eso significaba entrar por la fuerza en
la mansión en la que había crecido, así lo haría. Sin embargo,
jamás hubiera pensado que la descubriría el nuevo dueño de la
casa, Alejandro Martínez, ni que él la obligaría a hacerse pasar
por su pareja para la fiesta de aquella noche.
El deseo se apoderó del apasionado Alejandro en el momento
en el que vio a Kitty. El temerario abandono de ella despertó
en él una necesidad animal para reclamarla como algo propio.
Por ello, cuando una invitada pensó que Kitty era su prometida,
Alejandro decidió aprovecharse al máximo y dar rienda suelta a
la pasión que ardía entre ambos…

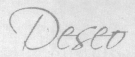

Nunca un romance fingido había resultado tan real

MENTIRAS Y PASIÓN

MAUREEN CHILD

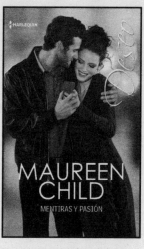

Micah Hunter era un escritor de éxito que llevaba una vida nómada, aunque se había instalado de manera temporal en un pequeño pueblo para realizar una investigación. No contaba con que la dueña de la casa lo iba a sacar de su aislamiento, pero Kelly Flynn era tan distinta a otras mujeres que Micah quería conocerla a fondo.

Ella necesitaba su ayuda. Le pidió que fingiese ser su prometido para tranquilizar a su abuela. Y él decidió aprovechar la oportunidad. Hasta que a fuerza de actuar como si estuviesen enamorados empezaron a sentir más de lo planeado.